MARQUIS D'ALCEDO

Essais divers

SINGULIÈRE AVENTURE
UNE PARTIE DE BRIDGE — UN ÉPISODE DES TEMPS
CHEVALERESQUES
VOYAGE DU PRINCE DE GALLES A MADRID
RIMES D'AUTOMNE

PARIS

ALPHONSE LEMERRE, ÉDITEUR

23-33, PASSAGE CHOISEUL, 23-33

M DCCCCXI

Essais divers

Tiré à 200 exemplaires numérotés

$\mathcal{N}°$

MARQUIS D'ALCEDO

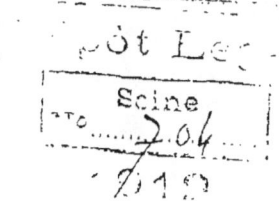
———

Essais divers

SINGULIÈRE AVENTURE

UNE PARTIE DE BRIDGE — UN ÉPISODE DES TEMPS

CHEVALERESQUES

VOYAGE DU PRINCE DE GALLES A MADRID

RIMES D'AUTOMNE

FAC ET SPERA

PARIS

ALPHONSE LEMERRE, ÉDITEUR

23-33, PASSAGE CHOISEUL, 23-33

—

M DCCCCXI

Singulière Aventure

(NOUVELLE)

Singulière Aventure

Après une nuit de fièvre et d'insomnie, Louis de Soucieuse se réveilla la tête lourde, la bouche amère. La soirée précédente avait brutalement détruit le rêve dans lequel il se plaisait à vivre depuis trois mois. Il en sortait en proie à une de ces lassitudes morales, à un de ces profonds découragements, sous l'influence desquels tout semble s'effondrer autour de soi, la vie, les gens, et les choses perdant soudainement leur intérêt. Bien qu'ayant dépassé de quelques années le cap, déjà redoutable, de la quarantaine, une vitalité intense, la volonté tenace de se défendre contre les atteintes approchantes de l'âge, lui avaient conservé jusqu'alors sa belle prestance, une vivacité d'esprit et d'allures qui justifiaient, trouvait-on, ses bonnes fortunes encore nombreuses. Son expérience avisée, aussi bien que la câlinerie de ses manières, et l'indépendance que donne la fortune, le faisaient bien venir auprès des femmes, qui prisaient cet homme à la conversation caustique et gaie, sans préjugés, comme, il est vrai, aussi, sans scrupules. Bien que sous ces allures insouciantes et joviales Soucieuse eût gardé le tour sentimental, la tendance à la rêverie, qui constituaient ses véritables caractéristiques, il avait vécu ses dernières années de demi-jeunesse sans autres aventures que celles où seuls les sens sont pris, celles qui n'ont pas de lendemain, parce que ni le cœur ni l'esprit ne trouvent à s'y satisfaire. Et ceux-ci, chez Soucieuse, restaient exigeants et jeunes aussi bien que les sens.

D'humeur vagabonde et voyageuse, la fantaisie du moment l'avait conduit cet hiver en Égypte, et, à peine arrivé au Caire, une Anglaise au port de déesse, douée de cette beauté régulière, presque hiératique, qui semble l'apanage de la race, lui avait fait éprouver le coup de foudre dont, depuis belle lurette, il se croyait dorénavant à l'abri. Soucieuse avait réincarné en cette femme ses tendances idéalistes, toutes ces vagues aspirations condamnées fatalement à rester inassouvies quand celui qu'elles obsèdent encore est l'homme parvenu à l'automne de la vie, au déclin de l'existence passionnelle.

Il avait aperçu lady Claymore pour la première fois à l'Opéra Khédivial, un soir qu'on chantait *Salomé*, et la musique violente et passionnée de Strauss, agissant sur ses nerfs toujours vibrants, avait contribué à rendre douloureux, par son intensité, l'émoi qui l'envahit lorsque le regard de cette femme se posa sur le sien. Leurs yeux s'étaient rencontrés immédiatement, attirés par un mystérieux magnétisme, comme si, dans la salle étincelante et bondée, rien ni personne d'autre eût pu distraire leur attention, comme si, s'y trouvant seuls, ils n'eussent su regarder ailleurs. Le coup d'œil de l'Anglaise, rapide et clair, avait comme enveloppé, approbatif et connaisseur, l'élégante silhouette de l'officier de cavalerie; le regard de celui-ci, plus insistant, avait été autrement éloquent et admirateur. En proie à une véritable émotion, ses yeux avaient fidèlement exprimé ce qu'il ressentait, et ils disaient clairement à la belle Anglaise que déjà il souffrait, déjà il l'aimait, qu'il la désirait de toutes les forces de son être.

Deux hommes se trouvaient dans la loge de lady Claymore. L'un, grand, roux, à la figure glabre, à l'aspect correct et figé : le mari sans doute. Dans le second occupant de la loge, Soucieuse, à sa grande joie, reconnut un diplomate de ses amis, et un moment après la présentation était faite. Tout en restant impénétrable et même froide en apparence, quelque chose d'indéfinissable dans l'accueil de lady Claymore décelait la compréhension et la sympathie, et, lorsque après l'échange de quelques propos, forcément insignifiants et banals, Soucieuse regagna son fauteuil, ce fut le cœur bondissant d'espoir et d'allégresse.

La vie au Caire, outrancièrement mondaine, est propice aux rencontres. Elles se multiplièrent, dans les salons, aux bals des hôtels, aux réunions sportives, presque quotidiennes, d'Héliopolis et de Ghesireh. Toujours et partout lady Claymore tenait la première place, que lui assignaient, sans conteste, son rang, sa beauté, le tour de son esprit brillant et cultivé. Entourée d'adulations et d'hommages, elle acceptait cet encens d'admiration avec simplicité, comme son dû. Elle restait néanmoins accessible et bienveillante, mais décourageant toute galanterie trop directe, marquant tout au plus ses préférences d'un regard plus appuyé de ses yeux céruléens, d'une poignée de main imperceptiblement plus longue, d'un sourire plus exquisement doux. Car le charme qui émanait d'elle semblait presque immatériel, comme si, planant dans une sphère plus haute, elle ne pouvait, condescendante, que compatir, sans les partager, aux appétits et aux désirs que sa radieuse beauté faisait naître autour d'elle.

Elle avait des ennemis, et, comme la médisance restait désarmée devant la parfaite correction de sa tenue, ils murmuraient qu'elle était froide et dure, dépourvue de sens et d'imagination. Ses amis, et ils étaient nombreux, bien que sceptiques, comme il convient au milieu où elle régnait, disaient, pour la défendre, que, pour elle, le devoir n'était pas un vain mot et qu'elle n'était pas exempte de ce mysticisme mélancolique et attristé qu'on rencontre si souvent chez les Irlandaises catholiques. Sa conversation était déconcertante comme sa personne, la largeur de ses idées, l'indulgence de ses appréciations rendant abordable auprès d'elle tout sujet d'entretien. Mais gare à celui qui, médiocre écolier en l'art de bien dire, laissait échapper une expression douteuse ou trébuchait sur un mot maladroit. Dès lors, lady Claymore lui devenait inaccessible, hermétique. Cette impeccabilité de langage comme de tenue la parait d'une auréole de pure intellectualité, la rendant encore plus fascinatrice et comme intangible.

C'est pourquoi, réprimant la fougue de ses sentiments, la cour de Soucieuse fut, au début, réservée, dévotieuse, faite de soins empressés et multiples, mais délicats et discrets. Il était, nous l'avons dit, de nature complexe : aussi lui arrivait-il parfois de croire que

même la pure tendresse de cette femme saurait suffire à
son bonheur, que rien ne pourrait surpasser l'ineffable
extase de la sentir à ses côtés, abandonnée et silencieuse,
la main dans la main, sa tête adorée sur son épaule.
Mais, bientôt, impérieuse, l'ardeur de son tempérament
affirmait sa suprématie, et la seule idée de la possession
faisait battre son cœur à se rompre, accélérant le cours
du sang dans les artères, martelant ses tempes de fièvre
et de vertige. Et il semblait alors à Soucieuse qu'il eût
donné sa fortune, sinon sa vie, pour boire, absorber,
l'âme de l'aimée sur ses lèvres, en un de ces baisers
lents, inextinguibles, passionnés jusqu'au spasme, un
de ces baisers qui résument à eux seuls toute une
gamme amoureuse, le summum des sensations volup-
tueuses.

*
*   *

Lady Claymore dansait à ravir, et sa façon de valser,
abandonnée et sensuelle, semblait démentir la frigidité
qu'on se plaisait à lui prêter. Un soir de bal costumé au
Savoy, elle apparut en sultane, habillée de tissus diaphanes, infiniment légers et savamment nuancés, coiffée

d'un turban de velours turquoise à blanche aigrette, parure qui lui allait merveilleusement, la rendait plus irrésistible encore. La saison du Caire battait son plein, et dans les vastes salles envahies par une foule cosmopolite l'atmosphère était accablante. Aussi, entre deux tours de valse, lady Claymore demanda-t-elle à son cavalier de la mener à l'écart, là où elle pourrait respirer un peu d'air et de fraîcheur. Trop heureux de pouvoir s'isoler, ne fût-ce qu'un instant, avec elle, Soucieuse la conduisit dans un salon éloigné et presque désert, où, seuls, quelques joueurs de bridge se livraient en silence à leur distraction favorite. Plus troublé que jamais par le contact récent, l'enlacement prolongé de cette taille frémissante et souple, encouragé par leur isolement, il laissa enfin déborder en un flot de paroles ardentes la passion qui le consumait. Il fut éloquent parce que sincère, il décrivit son rêve en termes émus et vibrants, il la supplia d'avoir pitié de lui. Elle l'avait écouté recueillie et grave, la frange de ses longs cils, sombres et bouclés, abaissée sur le regard pourtant toujours impénétrable, et, lorsque Soucieuse, se taisant enfin, lui saisit la main, la serrant d'une étreinte passionnée où il mit toute son âme, elle laissa sa main dans la sienne et releva sur lui des yeux où se lisait la tendresse, mais, hélas! une tendresse compatissante seulement pitoyable. Lui parlant doucement, avec bonté, elle lui demanda pardon, avec des accents sincères, du mal dont elle était la cause involontaire, mais l'amour suivi de possession, tel que le voulait Soucieuse, resterait à jamais lettre morte pour elle, car, à ses yeux de croyante, l'adultère incarnait le péché surtout abominable. Elle ne prétendait pas aimer son mari, mais jamais elle ne manquerait à la foi jurée, elle ne chercherait auprès d'un autre homme des sensations ignorées qui la laissaient sans curiosité ni désir.

Et, certes, pensait Soucieuse en l'écoutant, seuls, cette inertie des sens, ce sentiment de loyauté vis-à-vis de l'homme dont elle portait le nom, rendaient explicable sa fidélité. Impossible qu'elle aimât ce mari universellement antipathique et dont la laideur simiesque ne pouvait lui inspirer qu'une invincible répulsion.

Lady Claymore continuait à parler de sa voix bien timbrée, légèrement chantante, musicale. Elle lui disait, maintenant, quelle amie dévouée, tendre, compréhensive, elle pouvait, elle voulait, devenir pour lui, mais pour cela il fallait, et elle l'en conjurait, comme si la chose eût été simple et faisable pour cet homme encore jeune et ardent, qu'il l'aimât comme une sœur d'élection, comme un être frêle et délicat, intangible en raison même de cette fragilité. Et Soucieuse qui était sa chose, qui lui appartenait comme un objet que l'on tient dans son poing fermé, comme un anneau rivé au doigt, comme un vin généreux qu'on peut, à volonté, boire ou répandre à terre, sentit fondre et disparaître toute velléité sensuelle. Il ne subsistait en lui qu'une immense aspiration vers elle, le besoin d'avoir une place dans sa vie, de la sentir toujours, comme à présent, abandonnée, confiante et tendre.

Il promit tout ce qu'elle voulut, et, lorsque, attentif aux chuchotements qu'avait provoqués, parmi les joueurs, leur entretien prolongé, il lui proposa de le reprendre le lendemain en dînant avec lui, elle accepta, sans pruderie ni réticence.

Son mari étant parti pour la chasse, lady Claymore se rendit seule à l'invitation de Soucieuse, avec ce dédain du qu'en dira-t-on qui offre, chez quelques Anglaises, un si piquant contraste avec le conventionalisme exagéré de certaines autres. Pendant le tête-à-tête du dîner, au tranquille grill-room du Shepheard's, elle se montra sous un jour plus séduisant que jamais, tour à tour alanguie et câline, spirituelle et enjouée, puis, quand, le repas terminé, Soucieuse lui proposa, sans arrière-pensée de galanterie, de monter fumer dans son appartement, elle l'y suivit, simplement. Ils rapprochèrent leurs fauteuils, et la causerie reprit son cours, entraînante et intime. Sans rien livrer d'elle-même, lady Claymore écoutait avec intérêt ou curiosité les confidences de Soucieuse, lequel, avec ce mélange d'esprit et de sensibilité affinée qui le rendait si attrayant, narrait quelque épisode de sa vie aventureuse, émettait au passage un aperçu original et vrai, trouvant des expressions lapidaires et colorées pour noter une impression, décrire un événement. Tout en devisant, savourant le parfum de leurs cigarettes aromatiques et odorantes, Soucieuse, d'un geste impulsif, irréfléchi, s'était emparé de la main de la jeune femme, qui ne la retira pas, mais, lorsque à un moment donné ses lèvres brûlantes y imprimèrent, presque inconsciemment, un long baiser, il la vit soudain tressaillir et sentit cette main, devenue moite, trembler dans la sienne. Relevant les yeux, il discerna alors dans ceux de lady Claymore un courant trouble, une lueur étrange et bien connue, et l'instinct sexuel, un moment assoupi, se réveilla brusquement. A cette minute il oublia tout pour ne se souvenir que d'une chose : qu'il aimait et désirait cette femme à en perdre la raison, qu'ils étaient seuls, que l'heure et le lieu lui étaient propices. Saisissant lady Claymore, sans presque éprouver de résistance, dans ses bras nerveux et musclés d'homme adonné à tous les sports, d'un bond il la porta dans la chambre voisine.

Elle ne se donna pas ; elle se laissa prendre, mais sans répondre aux caresses éperdues que lui prodiguait Soucieuse, et, lorsque le passager délire une fois dissipé il leva sur elle des yeux reconnaissants, qui imploraient, il rencontra un regard qui se détournait du sien, chargé de rancune et de haine. Sans répondre aux protestations adoratrices, elle remit lentement de l'ordre dans sa coiffure, rajusta ses vêtements, et, toujours sans mot dire, elle sortit de la chambre.

Dans le hall de l'hôtel seulement, sous les yeux guetteurs des employés, elle retrouva la parole pour répondre par un sec « au revoir » et une brève poignée de main aux adieux corrects de son hôte.

Et voilà pourquoi le lendemain de cette scène inoubliable Soucieuse s'était réveillé las de la vie et découragé, le cœur meurtri, infiniment.

*
* *

Que s'était-il passé dans l'âme énigmatique et fermée de l'étrangère? Son amant d'une heure ne le sut jamais. Impossible, s'agissant d'une femme aussi parfaitement maîtresse d'elle-même, d'expliquer l'événement de la veille par une fugitive surprise des sens. Nul préparatif sournois n'avait présidé à l'ordonnance du dîner, pas de mets traîtreusement savants ni de vins capiteux et gri-

sants, et les lèvres de Soucieuse n'avaient même pas
effleuré celles de la jeune femme jusqu'au moment néfaste, qu'il regrettait maintenant de tout le regret de
son rêve brisé, où elle s'était laissé prendre dans ses
bras. Et, d'autre part, pourquoi, après l'ivresse, cette
expression farouche de ressentiment et de haine empreinte sur ses traits? Une longue expérience avait am-
plement instruit Soucieuse de combien il était expert
en la science d'aimer, de sa virtuosité de mâle amoureux
pour lequel n'avait pas encore sonné le glas de la défaillance.

Fallait-il expliquer chez lady Claymore l'abandon
prodigieux de sa personne par un de ces mouvements
déconcertants de curiosité auxquels obéissent parfois les
femmes les plus chastes, curiosité qui, une fois satisfaite,
convertit l'homme qui l'a inspirée en un sujet de sourde
aversion, d'implacable rancune? Sans doute, en lisant
sur son visage l'abdication passagère de sa volonté, eût-il
mieux valu ne rien entreprendre, continuer l'entretien
sur le ton de tendre camaraderie, lui faire délicatement
comprendre que le don de sa personne devait être non
seulement volontaire mais réfléchi? Mais à certains
moments est-ce qu'on raisonne? Et puis, surtout... lui
en aurait-elle su gré? Souffrait-elle de se sentir déchue
de son piédestal, elle qui se disait au-dessus des tenta-
tions de la chair, et la connaissance de son corps prenait-

elle dans son esprit les proportions d'une offense impardonnable et mortelle? Autant de points d'interrogation que se posait Soucieuse, sans parvenir, perplexe et déconcerté, à trouver le mot de la troublante énigme! Il écrivit à lady Claymore une longue lettre repentante et humble, implorant une entrevue, se justifiant, avec sincérité, de toute préméditation, se prostrant à ses pieds, prêt à toutes les expiations. Elle ne répondit que par un mot formel et glacial, rompant les engagements antérieurement pris avec lui, et dès lors, au cours des rencontres qui suivirent, elle s'appliqua à éviter tout tête-à-tête. Son attitude restait polie devant le monde, bien qu'infiniment froide et lointaine, mais jamais plus Soucieuse n'arriva à s'isoler un instant avec elle, jamais il ne trouva l'occasion de lui exprimer son repentir et son désespoir. Car la possession de cette femme, même incomplète et décevante, l'avait bouleversé, bouleversement qui s'était répercuté jusqu'aux fibres les plus intimes de son être, et, pourtant, que n'eût-il donné pour que ce moment n'eût jamais été, pour se retrouver au point initial et, comme naguère, alimenter sa passion, pendant de longs jours, d'un sourire de ces lèvres exquises, de l'accueil d'un regard limpide et clair!

Et, dans sa désespérance, Soucieuse croyait parfois sentir la folie l'effleurer de son aile; des idées de suicide hantaient son cerveau endolori et malade. La présence

de l'objet de son culte lui était devenue nécessaire comme
l'air qu'il respirait, le besoin de le contempler, une obsession semblable à celle de la source dont l'image
torture le voyageur altéré, lorsque, dans la fièvre et
l'attente, il déambule, mélancolique et solitaire, sur les
sables brûlants du désert.

Aussi continuait-il à fréquenter le monde assidûment,
anxieux de ne pas manquer une occasion de rencontre,
guettant, avide, une minute de détente sur ce visage
inexorablement fermé, un éclair de chaleur qui adouci-
rait le regard devenu hostile et acéré.

* *

Un soir qu'il dînait à l'Agence des États-Unis, le
diplomate américain, à peine revenu d'un court congé
et ignorant le refroidissement de ses relations avec lady
Claymore, le convia à une expédition à laquelle le couple
anglais devait prendre part ainsi que quelques autres
amis. Il s'agissait d'un raid de huit jours dans l'oasis
enchantée du Fayoûm ; on ferait de longues cavalcades,
on visiterait les ruines de Médinet, Hawora, le lac Mœris ;

les hommes chasseraient, on camperait sous la tente. L'Américain avait confié l'organisation à Mohamed, l'Arabe particulièrement attaché à la personne de lord Claymore. Superbe échantillon de sa race, Mohamed était célèbre aussi bien par sa science d'organisateur de ces excursions, sa parfaite connaissance du désert, que par ses succès galants.

Ce fut avec une joie non dissimulée, et qui étonna tant soit peu son hôte, que Soucieuse accepta une invitation qui comblait tous ses vœux. Il serait en contact quotidien avec la femme qu'il aimait si éperdument; peut-être enfin se laisserait-elle fléchir, touchée par sa fervente adoration. Certes, elle était droite et loyale, et, à la longue, la réflexion devait la convaincre que s'il avait péché contre elle (et quel homme à sa place eût agi différemment?) sa faute n'était imputable qu'à un excès d'amour.

Les événements semblèrent justifier ses prévisions. Peut-être, en effet, lady Claymore se laissa-t-elle attendrir par la constance de cet attachement dont il lui était impossible de méconnaître l'intensité et la profondeur : peut-être aussi, en mondaine avisée, comprit-elle que la gêne et la contrainte régneraient sur le clan restreint si l'on s'apercevait que, de propos délibéré, elle battait froid un des invités. Le fait est qu'elle se départit de sa froideur hautaine vis-à-vis de Soucieuse et que celui-

3

ci, retrouvant un peu de l'ancienne cordialité d'accueil, se reprit à espérer.

Le troisième jour de l'expédition trouva la petite troupe campée sur la rive nord du lac Mœris, et, à la grande joie des chasseurs, les guides leur signalèrent un abondant passage de canards. Il fallait partir à neuf heures du soir, gagner à cheval l'extrémité sud du lac et attendre l'aube dans une des îles qu'il forme en cet endroit. Pour tromper le temps d'attente, Soucieuse fit seller un poney qu'il dressait lui-même, et il quitta le camp galopant à franc étrier, sans souci de direction, au hasard. Mais, tandis qu'inconscient de la distance ainsi parcourue il éperonnait sans merci sa rétive monture, son esprit ne songeait guère à des exploits sportifs. Les rênes flottantes sur l'encolure de sa bête, le regard perdu dans les lointains bleuâtres, savourant, comme un poète et comme un amoureux, la beauté incomparable du grandiose paysage, il berçait à nouveau son éternel rêve. Une cuisante douleur l'en réveilla soudain : désarçonné par un brusque écart, il se trouvait étendu sur le sol, et, lorsqu'il se releva, étourdi et meurtri par la violence de sa chute, son poney lui fit l'effet de n'être plus qu'un point noir qui diminua puis disparut à l'horizon.

Il était dix heures lorsque Soucieuse, après une longue et pénible marche, rejoignit le camp, et, comme le mot

d'ordre était d'absolue liberté et d'indépendance pour
chacun, il ne s'étonna pas en apprenant qu'après quelques minutes d'attente les chasseurs étaient partis sans
plus s'inquiéter de sa personne. Il se dirigea vers sa
tente, mais, quand d'un geste las il voulut soulever la
portière qui y donnait accès, elle ne céda pas sous sa
main. Tirant, impatienté, l'étoffe à lui, violemment, il
allait pénétrer à l'intérieur lorsqu'un spectacle inouï le
riva sur le sol : dans l'obscurité il s'était trompé de tente,
et au fond de celle dont il se disposait à franchir le seuil,
sur un monceau de tapis et de coussins, il voyait un
homme et une femme enlacés, nus absolument, les
chairs blanches de la femme faisant contraste avec le
corps bronzé d'un Africain. Et (dans la pénombre ses
yeux s'étaient d'abord refusés à y croire) c'était bien
celle qu'il aimait, celle qui depuis de longs mois absor-
bait toute sa vie.

D'un seul mouvement, superbe de rapidité et de sou-
plesse, lady Claymore s'était redressée, folle de rage et
de honte, cherchant d'instinct un vêtement ou une arme.
Mais, aussi prompt qu'elle, Soucieuse, la cravache haute,
avait bondi à ses côtés, et, tandis que de sa bouche
jaillissaient des paroles flétrissantes et brutales, son bras
retombait, cinglant de coups redoublés le beau corps
neigeux...

Chez le mâle irrité ce mouvement sauvage d'égarement et d'oubli ne dura qu'un éclair, et presque immédiatement il jeta au loin sa houssine. A la fureur aveugle qui s'était emparée de lui en découvrant un abîme d'abjection et d'impudeur chez la femme qu'il croyait immaculée et pure, succéda un sentiment d'indicible dégoût. Les vêtements de lady Claymore, pêle-mêle avec ceux de son complice, se trouvant à la portée de Soucieuse, il les ramassa à pleines mains, et, d'un geste de suprême mépris, il les lui lança à la face. Puis, sans proférer une parole, sans même abaisser un dernier regard sur le visage décomposé, mais adorable, sur le corps, superbe et dévoilé, de celle qu'il avait aimée si follement, si passionnément, il partit.

Tel fut le dénouement de la dernière velléité sentimentale qu'éprouva jamais Louis de Soucieuse.

Une partie de Bridge

COMÉDIE DRAMATIQUE EN DEUX ACTES

ET TROIS TABLEAUX

PERSONNAGES

LINA DE SANTIS, vicomtesse de Malhoûet.
CLAIRE, Mademoiselle de Malhoûet, 5o ans.
MESDAMES D'ARBOISE.
        DE BONNECHOSE.
        DE SAVEUSE.

CHARLES, comte de Malhoûet, 47 ans.
PIERRE, son fils.
GASTON DE LIVRY.
ROQUEBISE, 56 ans.
VALANGES, 23 ans.
MESSIEURS DE BONNECHOSE.
        DE SAVEUSE.
MORIN, vieux valet de chambre.
MAITRE YVES, notaire.
UN DOMESTIQUE.
UN AUTRE DOMESTIQUE.

Une partie de Bridge

ACTE PREMIER

La scène se passe à Paris, de nos jours. Fumoir élégant, portes au fond et à droite. A l'angle gauche un bureau couvert de papiers. Au lever du rideau Malhoûet est assis devant son bureau; le notaire debout prend congé.

SCÈNE PREMIÈRE

MALHOUET, LE NOTAIRE.

LE NOTAIRE.

JE suis heureux de l'approbation que vous venez de m'exprimer, monsieur le comte. Vous pouvez être tranquille ; les derniers placements ont été aussi sûrs que lucratifs, le rendement des terres n'a jamais été plus considérable que ces dernières années, et M. le vicomte entre à sa majorité en possession d'une fortune facile à gérer, bien que fort importante.

MALHOUET.

C'est grâce à vos conseils et à votre intelligence que nous avons obtenu ce résultat. Maître Yves, je vous en remercie encore une fois et bien cordialement.

(Il se lève et lui tend la main. Entre Claire.)

SCÈNE II

LES MÊMES, CLAIRE.

CLAIRE, *s'avançant.*

Bonjour, maître Yves.

LE NOTAIRE.

Bonjour, mademoiselle... Monsieur le comte, j'ai bien l'honneur... *(Salut et sortie.)*

SCÈNE III

MALHOUET, CLAIRE. *Claire va s'asseoir près de Malhoúet.*

CLAIRE.

Tu as l'air fatigué, préoccupé même. N'es-tu pas satisfait de ta conférence avec Mᵉ Yves, ou bien as-tu de mauvaises nouvelles de Pierre? A-t-il ajourné son arrivée?

MALHOUET.

Non, ma chère sœur, Pierre doit nous arriver tout à l'heure, et j'ai tout lieu d'être satisfait de notre fidèle tabellion. Pourtant, comme tu l'as deviné, je suis soucieux : la conduite de Pierre m'inquiète depuis quelque temps, et, avec le caractère violent et faible à la fois que nous lui connaissons, je me demande ce qu'il va faire, aujourd'hui qu'il a vingt et un ans, de sa vie et de sa fortune.

CLAIRE.

Ton fils n'a jamais été joueur, et j'espère bien qu'il ne pense plus à cette aventurière.

MALHOUET.

Mlle De Santis n'est pas exactement une aventurière, et c'est justement l'apparence de respectabilité qu'elle a su garder qui trompe l'inexpérience de Pierre et qui constitue le danger.

CLAIRE.

Pourtant ne m'avais-tu pas dit...

MALHOUET.

Que je désapprouvais son ton et ses allures et que son père est un personnage louche, mais toléré. Tu sais combien j'ai regretté en les retrouvant à Paris, l'an dernier, de n'avoir su éviter de faire la connaissance des De Santis. Il est vrai que c'était en Egypte et que la grâce et la beauté de la fille...

CLAIRE.

Elle est très belle?

MALHOUET.

Très belle. Mais on sonne : ce doit être Pierre.

(Entre Pierre en costume de voyage. Il embrasse joyeusement son père, puis sa tante.)

SCÈNE IV

Les Mêmes, PIERRE.

MALHOUET.

Pas trop fatigué de tes douze heures de train?

CLAIRE.

Veux-tu du thé? C'est vite fait.

PIERRE.

Non, merci, j'ai goûté dans le train. Cher père, ma bonne tante Claire, je suis si heureux de vous voir! et vous savez, c'est pour de bon, je ne bouge plus de Paris. J'en avais assez de nos bons ruraux, puis ma présence à Amblemont n'était plus indispensable...

MALHOUET.

Indispensable, non, mais j'aurais cru profitable à tes intérêts, à ta situation dans le pays, que tu y séjournes un peu plus longuement au début. Puis les élections sont proches...

PIERRE, *l'interrompant gaîment.*

Oh! père, laissons pour le moment ces graves sujets, voulez-vous? J'ai tant de choses plus intéressantes à vous dire!

CLAIRE, *se levant.*

Je vous laisse causer. *(Sur un geste de protestation de Pierre.)* Si, si, mais quand tu auras fini ton entretien avec ton père, Pierrot, viens un peu dans la chambre de ta vieille tante.

PIERRE.

Avec bonheur, tante Claire, et à tout à l'heure.

(Il se lève et va ouvrir la porte à sa tante, qui l'embrasse encore.)

SCÈNE V

MALHOUET, PIERRE. *Pierre est revenu s'asseoir*
près de son père.

PIERRE.

Eh bien, mon père? Vous, toujours si affectueux et si bon, vous ne semblez pas trop réjoui de me revoir.

Si vous saviez la joie que j'éprouve, moi, à me retrouver à Paris, près de vous, le père, le grand frère, plutôt, à l'affection intelligente et protectrice, que tous mes amis m'envient! J'espérais que vous la partageriez, cette joie, surtout en apprenant le secret que je vais vous confier...

MALHOUET.

Un secret?

PIERRE.

Qui n'en sera bientôt plus un, mais que je veux que vous soyez le premier à connaître. Vous m'avez souvent chapitré sur la question mariage. Vous m'assuriez qu'avec mes goûts peu mondains et mon caractère casanier j'agirais sagement en prenant femme de bonne heure. Eh bien! je vais me marier.

MALHOUET.

Tu veux dire que tu penses à te marier?

PIERRE.

Non, mon père, mon choix est fait : je vais me marier.

MALHOUET, tristement.

Tu vois que j'avais raison de ne pas me laisser aller à la joie! Tu reviens pour me dire que, sans même me consulter, le premier usage que tu fais de ta liberté est de prendre une résolution dont dépendra tout ton avenir, peut-être même le bonheur des années qui me restent d'existence, car, si tu ne m'as pas encore crié le nom de l'élue, c'est qu'il ne doit guère répondre à mes légitimes ambitions, et je n'ai plus que toi au monde...

PIERRE, *avec embarras.*

Je ne saurais croire que les considérations de fortune et de nom puissent primer auprès de vous celle de mon bonheur...Vous connaissez celle que j'aime : elle est sans fortune, il est vrai, mais vous avez souvent exprimé devant moi votre admiration pour son charme et sa beauté.

MALHOUET.

Serait-ce Mlle De Santis? *(Avec véhémence sur un signe affirmatif de Pierre.)* Ah! non, cent fois non! Jamais je ne donnerai mon consentement à un mariage pareil. Il n'est pas possible que tu aies réfléchi : ce mariage ne peut se faire...

PIERRE, *se raidissant.*

Impossible, ce mariage? Pourquoi?

MALHOUET.

Voyons, Pierre! ne m'oblige pas à dire des choses

blessantes, et d'autant plus difficiles à formuler qu'il s'agit d'une jeune fille, et d'une jeune fille que tu crois aimer. Car tu ne l'aimes pas, c'est un emballement passager. Tu es sous le charme de son esprit, de sa beauté, qui sont indiscutables, je te l'accorde, mais de là à l'épouser...

PIERRE.

Je vous répète ma question, mon père : pourquoi non? Lina partage le sentiment qu'elle m'inspire. Sa pauvreté n'est pas un crime, et vous êtes trop juste pour la rendre solidaire de son père ou responsable de sa triste réputation.

MALHOUET.

Mlle De Santis ne saurait entrer dans une famille honorable, et je ne la tiens responsable que de ses propres actions.

PIERRE, *avec emportement.*

Mon père! vous allez trop loin...

MALHOUET.

De ses propres actions. Tu viens de me parler de mon affection pour toi : penses-tu que je m'opposerais à ce projet si je n'y voyais des obstacles insurmontables? Sans parler du père, cet Italien taré vivant de jeu et d'expédients et exhibant sa fille d'hôtel en hôtel dans

tous les lieux de fête du monde, crois-tu que Mlle De Santis elle-même soit sans reproches?

PIERRE, *avec force.*

Si je n'en étais absolument sûr, je ne songerais pas à
l'épouser! Que de fois j'ai pu constater combien elle
souffrait, ah! fièrement et en silence, de l'atmosphère
équivoque dans laquelle elle vit! Sa souffrance la rend
plus intéressante à mes yeux, augmente mon désir de la
sortir au plus vite de ce milieu qui lui a malheureuse-
ment fait tant de tort à vos yeux.

MALHOUET.

Tu ne comprends pas... Son nom a été mêlé à plusieurs aventures galantes; il en est sorti éclaboussé, sali
comme celui du père. Je ne parle pas à la légère, Pierre:
j'ai la certitude de ce que j'avance, et j'ai le regret, le
profond chagrin plutôt, car je vois combien je t'afflige,
de te l'apprendre.

PIERRE, *pâle et résolu.*

Permettez-moi de ne pas continuer cette conversation
pour le moment. Votre bonne foi a été surprise par des
méchants et des envieux, et il ne sera pas dit que le bonheur de nos deux existences sera à la merci des calom-
nies que fera toujours naître la beauté d'une jeune fille

pauvre, sans protection ni appui. — A moins de preuves irréfutables je me refuse à croire...

MALHOUET, *l'interrompant.*

De preuves?

PIERRE.

Oui, de preuves irréfutables, et, par conséquent, j'en suis certain, impossibles à produire. Jusqu'alors je persisterai dans ma résolution, jusqu'alors aussi je vous demande, mon père, de suspendre votre jugement sur celle qui ne demande qu'à se montrer pour vous une fille affectueuse et dévouée.

(Il se lève pour partir.)

MALHOUET.

Tu t'en vas?

PIERRE.

Je vous demande la permission de me retirer. Je m'attendais bien à quelque opposition de votre part, mais non à cette hostilité, à ce refus péremptoire et formel. Je ne vous cacherai pas que j'en suis bouleversé, chagriné profondément. Je reviendrai bientôt... Au revoir, mon père.

(Il lui tend la main.)

5

MALHOUET.

Comme tu voudras. Au revoir!

(Poignée de main. Pierre sort.)

SCÈNE VI

MALHOUET, *seul.*

Une fille aimante et dévouée! Lina De Santis!

(Entre Morin.)

SCÈNE VII

MALHOUET, MORIN.

MALHOUET.

Qu'y a-t-il, Morin? Je vous ai dit qu'après le départ de M. le vicomte j'entendais ne pas être dérangé.

MORIN.

Je demande pardon à monsieur le comte, mais comme ces dames ont tant insisté...

MALHOUET.

Des dames? Mais c'est sans doute pour Mlle de Malhouet?

MORIN.

Elles ont demandé après monsieur le comte. Je ne
crois pas les avoir vues jamais ici, ni qu'elles connaissent
Mademoiselle. La plus âgée me semble une femme de
chambre.

MALHOUET, *se parlant à lui-même.*

... Se pourrait-il?... Bien! Faites entrer.

(Morin sort.)

SCÈNE VIII

MALHOUET, LINA. *Lina s'avance lentement vers le comte
en relevant sa voilette.*

LINA, *à Malhouet, qui s'est levé pour la recevoir, mais reste
immobile, sans la saluer.*

Pardon, monsieur, d'avoir insisté pour vous voir.
Cette démarche vous semblerait déplacée si, Pierre sor-

tant d'ici, vous n'aviez sans doute deviné le but de ma visite. Soyez assuré que je ne l'aurais pas hasardée si je n'avais la conviction d'agir pour le mieux. *(Sur un geste de protestation de Malhoüet.)* Oh! je sais ce que vous croyez avoir à me dire! mais je vous demande de m'entendre avant de passer condamnation.

MALHOUET, *se rasseyant et lui indiquant un siège.*

Soit, mademoiselle. Mais votre présence ici me paraît en effet aussi audacieuse qu'incompréhensible. Ce qui m'étonne par-dessus tout, c'est que vous ayez pu espérer m'avoir pour complice dans une duperie dont mon fils serait la victime. Si je ne vous ai pas fait refuser ma porte, c'est parce que cette entrevue doit anéantir tout espoir de voir réussir votre intrigue.

LINA.

Vous êtes devenu bien sévère, monsieur, et le sentiment que j'éprouve pour votre fils ne mérite guère d'être jugé aussi durement. Il le partage, personne ne comprend sa nature mieux que moi, et je suis certaine de le rendre heureux. En vous opposant à notre mariage, êtes-vous bien sûr de travailler à son bonheur?

MALHOUET.

Vous ne connaissez que trop les raisons qui rendent

aussi inutile qu'odieuse toute discussion entre nous à
ce sujet. Je tiens à vous le dire d'avance : quoi que vous
fassiez, mon refus est définitif. Épargnez-moi le plus
pénible des devoirs, celui d'informer Pierre de ce passé
qu'il vaut mieux qu'il ignore. Cela ne tient qu'à vous.
Mais alors renoncez à votre projet. Mon fils n'a que
vingt et un ans ; s'il vous épouse, il est probable qu'il
regrettera bientôt d'avoir, si jeune, aliéné sa liberté.
Puis, soyez-en persuadée, vous expieriez chèrement
votre ambition d'aujourd'hui le jour où la vérité, ne
serait-ce qu'une partie de la vérité, lui serait révélée.
Vous avez tout pour réussir et pour faire un mariage
pour le moins aussi brillant que celui que vous méditez.
Allons, mademoiselle, s'il est vrai que vous ressentiez
pour Pierre amour ou affection, soyez généreuse, et
suivez votre chemin, qui ne saurait être celui des Malhoûet.

LINA.

Ce n'est pas l'ambition qui m'y pousse. C'est parce
j'aime Pierre et qu'il m'aime, que je n'ai pas le droit
de sacrifier son bonheur à des préjugés, à des souvenirs
qui s'effaceront de ma vie en l'épousant, à des faits ou-
bliés qui ne devront jamais arriver à sa connaissance.

MALHOUET, *ironique.*

C'est une façon particulière d'envisager la question,

et que vous me permettrez de ne pas adopter. Il ne s'agit pas de préjugés ni de souvenirs : les uns et les autres s'effacent ou s'oublient, mais les faits ont leurs conséquences inéluctables qu'il faut subir. Encore une fois, mademoiselle, ma résolution est irrévocable.

LINA.

Je vous laisse la responsabilité de ce qui en adviendra. Vous obligerez votre fils à choisir entre vous et moi. Quelle que soit la décision qu'il prenne, il en souffrira cruellement. Réfléchissez.

MALHOUET, *se levant.*

C'est tout réfléchi : je n'ai rien à ajouter à ce que je viens de vous dire.

LINA, *se levant à son tour.*

Vous nierez votre consentement, soit. Pierre est majeur, et nous passerons outre.

MALHOUET.

Vous me bravez? Cette facilité d'oubli que j'ai pu constater tout à l'heure va vraiment un peu loin. J'ai en mains les preuves qui peuvent éclairer Pierre sur votre inconduite. Me mettrez-vous dans l'obligation de les lui livrer?

LINA *remet son voile et sort par la porte du fond, tandis que Claire entre par celle de côté.*

Allons donc! Je vous en défie!

SCÈNE IX

MALHOUET, CLAIRE.

CLAIRE.

Comment! Pierre est parti sans même me dire au revoir?

(Apercevant Lina dans l'antichambre.)

Tiens! Quelle est cette dame? Quelle taille! Quelle élégance! Eh bien! Charles?

MALHOUET, *le regard perdu.*

Cette dame! C'est Mlle De Santis.

CLAIRE.

Elle? Quelle audace! Ah! j'y suis. Elle est venue plaider sa cause. J'espère que tu as su lui faire comprendre combien c'était inutile et déplacé?

MALHOUET.

Pierre veut plus que jamais l'épouser.

CLAIRE.

Mais il a perdu l'esprit! C'est une de ces jeunes filles qu'on n'épouse pas! Tu ne consentiras jamais.

MALHOUET.

Elle semble l'aimer; je réfléchirai.

(Claire lève les bras au ciel.)

ACTE II

PREMIER TABLEAU

Un salon au château de Malhoûet. Grande baie au fond donnant sur un salon d'entrée. Portes sur les côtés. A droite cheminée et fauteuil ; grand paravent à moitié déplié derrière le fauteuil ; à un mètre du fauteuil petite table avec une boîte à cigarettes et journaux. Trois tables à jeu, avec chaises, sont préparées pour jouer. Quand le rideau se lève, Malhoûet est assis près de la cheminée et lit un journal ; il a beaucoup vieilli, ses cheveux ont blanchi ; sa sœur est assise près de lui. Pierre et Lina, mesdames d'Arboise et de Bonnechose, Livry, Roquebise, Valanges et Bonnechose entrent à la fois.

SCÈNE PREMIÈRE

LINA, MADAME D'ARBOISE, BONNECHOSE,
PIERRE, VALANGES, ROQUEBISE.

LINA.

Quel chien de temps ! Il faut encore, aujourd'hui, nous rejeter sur le bridge ! Impossible de faire de l'auto

6

sur ces routes fangeuses. Morin est insupportable : il a oublié de télégraphier pour les antidérapants. Il devient tout à fait ramolli. Ça se gagne.

(Avec un coup d'œil méprisant du côté de Malhoüet.)

MADAME D'ARBOISE.

Nous ne sommes pas en nombre. *(Comptant les joueurs.)* Nous ne sommes que dix.

BONNECHOSE.

Il faudra jouer à deux tables avec le mort.

LINA.

Mais non. Pierre, as-tu téléphoné aux Saveuse?

PIERRE.

Oui. Ils sont ravis. Ils nous arriveront tout à l'heure.

VALANGES, *à Roquebise, à mi-voix, sur le côté gauche de la scène.*

Dieu merci! ce sera leur tour de tenir la chandelle. J'en ai assez! Et vous?

ROQUEBISE, *de même.*

Oh! moi, à mon âge, ayant quitté le service actif, ma présence dans les salons n'a pas d'autre raison d'être tolérée. Et puis, la belle Lina...

VALANGES.

Et ce benêt de Pierre qui ne se doute de rien, pas plus que ses parents, les braves gens !

ROQUEBISE.

Hum ! Pierre, je ne dis pas ; mais quant à son père... Les braves gens de sa sorte sont dangereux ; ils commencent par tout comprendre et tout excuser, et finissent par être moins accommodants que les autres. Que nos amoureux prennent garde ! Gare au jour où Malhoüet aura la certitude que Pierre est trompé !

VALANGES.

Bah ! croyez-vous ? Il a tellement baissé ces derniers temps ! Il m'a l'air de filer un mauvais coton.

ROQUEBISE.

Oui. Depuis le mariage de son fils. Vous n'étiez pas à Paris à ce moment ? *(Sur un geste négatif de Valanges.)* Ce fut un véritable coup de théâtre. On croyait le mariage de Pierre arrangé avec sa cousine d'Amblemont. C'était parfait : immense fortune, beau nom, terres se touchant... Et puis, patatras, la nouvelle des fiançailles avec la belle Italienne éclatant comme une bombe.

On m'a dit qu'elle avait eu un passé... comment dirai-je?... accidenté.

ROQUEBISE.

Oh! la plupart des jolies femmes ont un... passé, comme vous dites. Mais celle-ci en a plusieurs, et tous accidentés.

Chut. On vient nous relancer.

(Le couple Saveuse est entré. Salutations.)

SCÈNE II

LES MÊMES,
MONSIEUR et MADAME DE SAVEUSE.

LINA, *s'approchant de Valanges et de Roquebise.*

Allons, nous sommes au complet. Venez tirer vos places, au lieu de rester là à chuchoter comme deux conspirateurs.

ROQUEBISE.

Je ne demande pas mieux.

VALANGES.

Mais je suis à vos ordres.

(On se dirige vers les tables de jeu. Mme de Saveuse, Lina, Valanges et Roquebise jouent à une table. Claire, Mme de Bon-nechose, Pierre et Livry à une autre. Mme d'Arboise prend possession de la troisième, avec Bonnechose et Saveuse. On tire pour les places et les partenaires et l'on s'assoit pour jouer. Il manque un quatrième à la table de Mme d'Arboise.)

MADAME D'ARBOISE, *à Malhoüet, qui, après s'être levé à l'entrée du groupe, a repris sa place et son journal.*

Monsieur de Malhoüet, nous vous attendons. Venez tirer une carte.

MALHOUET, *de sa place.*

Je vous demanderai de vouloir bien m'excuser. J'ai mal à la tête ; je jouerais trop mal.

MADAME D'ARBOISE.

Le bridge est un remède souverain. Après un ou deux sans atouts, il n'y paraîtra plus.

MALHOUET, *laissant son journal.*

Si je vous suis absolument indispensable... Mais je plains mon partenaire. Armez-vous de patience.

MADAME D'ARBOISE.

Oh! si vous êtes vraiment si mal que ça!

SAVEUSE *et* BONNECHOSE, *en même temps.*

Oh! alors! en aucune façon...

MADAME D'ARBOISE, *à mi-voix, à Bonnechose.*

Merci! il nous ferait des renonces tout le temps, comme l'autre jour.

BONNECHOSE, *de même.*

A qui le dites-vous? J'étais son partenaire : je sais ce qu'il en coûte. Ah! il a bien baissé, le beau Malhoûet!

MADAME D'ARBOISE.

Et dire que j'ai presque eu un béguin pour lui! Oh! il y a longtemps! Il est devenu si sombre!... Et quand les hommes cessent de penser aux choses agréables ils ne savent plus en dire aux femmes.

SAVEUSE.

Dame! Expérience n'est pas synonyme de gaieté.

MADAME D'ARBOISE.

Surtout quand c'est de ce nom que vous baptisez vos bêtises.

(Claire, qui fait le mort, se lève et va trouver son frère.)

CLAIRE.

Tu devrais remonter dans ta chambre. Cette tabagie, cette atmosphère de corps de garde ne valent rien pour toi.

(Pendant les scènes précédentes, les domestiques ont porté whisky, bière, etc. Tout le monde fume.)

MALHOUET.

Tu as raison. Je vais finir mon *Gaulois* et rentrer chez moi; d'autant plus que je me sens encore sous l'influence de la drogue que j'ai prise hier pour tâcher de dormir un peu.

CLAIRE.

Tu abuses de ton bromédia. Laisse-moi au moins te rendre confortable. *(Elle met un coussin derrière son dos.)* Tu es dans un affreux courant d'air.

(Elle déplie le paravent de façon à isoler Malhouet du reste de la chambre; il reste caché aux yeux des joueurs.)

MALHOUET.

Merci, ma bonne Claire.

(Il reprend son journal.)

MADAME DE BONNECHOSE, *à Claire.*

Claire! Claire! à vous la donne!

CLAIRE, *reprenant sa place.*

J'accours!

LINA.

Où sont donc mes cigarettes? *(A Valanges, qui lui présente son étui.)* Du Dubèque aromatique? Merci, c'est trop doux, c'est ce que je fumais au couvent. Je vais chercher les miennes. *(Elle se lève et se dirige vers la petite table où sont les cigarettes, en prend une et l'allume.)* Livry! puisque c'est votre mort, montrez-moi donc la liste du cotillon pour demain!

LIVRY, *la rejoignant.*

Ah! oui, certainement! La voici.

(Il la lui présente. Ils parlent bas.)

VALANGES, *à sa table.*

Ils s'imaginent être très fins en ne jouant pas à la même table.

MADAME DE SAVEUSE.

Oui. Il leur arrive de faire le mort en même temps. Mais à quoi bon ces finasseries? nous sommes tous au courant...

ROQUEBISE.

Et pas de surveillance, aujourd'hui, du côté de Malhoûet. Il est remonté dans sa chambre.

MADAME DE SAVEUSE.

C'est égal, à la place de Lina, je me méfierais. Malgré toute notre adresse, nous autres femmes, en ménage c'est comme au bridge : nous avons beau nous efforcer de jouer serré, nous finissons presque toujours par perdre la levée.

ROQUEBISE.

La levée? c'est-à-dire le mari?

MADAME DE SAVEUSE.

Ou l'autre... parfois tous les deux...

VALANGES, *à Roquebise.*

Comment! vous venez de faire une renonce? Voilà ce que c'est que de s'occuper des affaires des autres !

ROQUEBISE.

Que voulez-vous? ce sont les seules qui m'intéressent!...

LINA, *qui a continué à s'entretenir à voix basse avec Livry.*

Vous étiez moins timoré, il y a six mois, lorsque vous preniez votre premier baiser, presque sous le nez de Pierre, pendant qu'il écrivait. Je vous trouve bien changé.

7

LIVRY, *très galant.*

Pourtant, Lina, je vous aime chaque jour davantage :
aujourd'hui plus qu'hier, et bien moins que demain.
(Sérieux.) C'est le souci de votre sécurité, le soin de
votre réputation qui me font vous parler ainsi.

LINA.

Mais puisque je vous affirme que nous n'avons rien à
craindre. Pierre n'est pas soupçonneux de nature ; il a
entière confiance et me l'a bien prouvé.

LIVRY.

C'est M. de Malhoûet que je redoute. Comme je vous
l'ai dit, il m'a surpris deux fois la nuit dans la galerie,
quand je venais de quitter votre chambre ; la mienne
est à l'autre extrémité ; mon trouble était évident, et je
n'ai su donner qu'une explication fort embarrassée.

*(Tout en parlant, ils se sont rapprochés insensiblement du
paravent qui cache Malhoûet.)*

LINA.

C'est de votre faute. Vous êtes arrivé après tout le
monde, et Pierre a insisté pour que je donne à Roquebise la chambre que je vous avais destinée. Mais je me

charge de dépister M. de Malhoûet. Du reste, ses pro-
menades nocturnes ont pris fin. Depuis trois jours, il
se drogue à mort pour tâcher de dormir.

LIVRY, *en hochant la tête.*

C'est égal, méfiez-vous.

LINA, *se rapprochant tout à fait de lui et le regardant dans*
les yeux.

Je veux te voir cette nuit. Tu viendras, dis?

LIVRY.

Je t'adore !

(*Lorsque les deux amants se sont rapprochés du paravent,*
Malhoûet a laissé tomber son journal et écoute les dernières
phrases.)

MALHOUET.

Je ne me trompais pas... La misérable !

(*Il repose la tête sur son fauteuil, passe la main sur son*
front et s'endort, pendant que le jeu continue.)

MADAME DE SAVEUSE, *à sa table.*

Ça leur fait jeu ! Aussi quelle idée de contrer pique
quand ils étaient à vingt-six?

MADAME DE BONNECHOSE, *à Livry qui a regagné sa place.*

Partenaire, vos cœurs étaient abominables ! J'ai pourtant fait trois levées ! Remerciez-moi : ça nous fait manche !

(Le rideau tombe.)

ACTE II

DEUXIÈME TABLEAU

Même décor. Malhoûet est endormi dans son fauteuil. Morin et un autre domestique vont et viennent à travers la chambre, remettant tout en ordre.

SCÈNE PREMIÈRE

MALHOUET, MORIN, UN VALET DE PIED.

MORIN.

Là. Il me semble que tout est rangé. Remettez donc le paravent à sa place.

(Le valet de pied s'avance pour le prendre et aperçoit Malhoûet endormi.)

LE VALET DE PIED, *à mi-voix.*

C'est que M. le comte est là... Il dort... Je vais le réveiller...

MORIN, *de même.*

N'y touchez pas, alors. Du reste, nous avons fini. Partons sans faire de bruit. Mon pauvre patron! c'est l'effet de sa drogue!

(*Ils sortent, et Lina entre et se dirige vers la petite table où sont les cigarettes.*)

SCÈNE II

MALHOUET, LINA.

LINA.

Il me semble bien que c'est sur cette table que j'ai laissé la liste des figures!

(*Elle va la prendre et renverse sans le vouloir une chaise. Le bruit réveille Malhoüet, qui sort de derrière le paravent.*)

LINA.

Vous m'avez fait peur! Je vous croyais dans votre chambre.

MALHOUET.

Non. Je me suis endormi, et...

LINA, *méchante.*

Vos somnolences succèdent à vos insomnies, c'est dans l'ordre. Pourtant elles inquiètent Pierre, qui ne veut pas y voir un effet de votre âge.

MALHOUET.

Que vous connaissez d'autant mieux que je vous en ai informée sans coquetterie, lorsque...

LINA, *l'interrompant, inquiète.*

Faites-moi grâce de vos souvenirs. Et y a-t-il long-temps que vous sommeilliez?

MALHOUET.

Je ne sais trop. Mais vous avez raison d'être inquiète, car je ne dormais pas depuis le commencement de la la partie.

LINA.

Ah! Et vous avez sans doute mis à profit vos moments de... lucidité pour, dissimulé sous ce paravent, guetter ce qui se passait autour de vous? Je ne m'en étonne plus depuis que je sais que vous faites des rondes la nuit, sans doute pour distraire vos insomnies!

MALHOUET, *calme.*

Oui. Et ce qu'il y a de plus fâcheux pour vous, c'est que, dans un des moments de lucidité dont vous parlez, j'ai vu clairement quel était mon devoir. Je vais de ce pas vous démasquer. Pierre saura enfin à quelle femme il a cru pouvoir confier le soin de son foyer et l'honneur de notre nom.

LINA.

Épargnez-moi les grands mots et épargnez-vous ce mécompte. Comprenez que, si Pierre ne vous a pas cru lorsque vous avez mis tout en œuvre pour rompre notre mariage, il attachera encore moins d'importance à vos accusations aujourd'hui que...

MALHOUET.

Aujourd'hui que la honte, les remords d'avoir laissé s'accomplir cette union monstrueuse ont fait de moi l'épave physique et morale que je suis !

LINA.

C'est à peu près ce que je voulais dire. Oh ! avec des atténuations ! J'ajouterai qu'il ne tient qu'à vous de vous aliéner l'affection que votre fils ressent encore pour vous en lui faisant des révélations inutiles et auxquelles il n'accordera pas foi.

MALHOUET.

Il faudra bien qu'il me croie si je lui dis que vous avez été ma maîtresse, quand il saura comment, de dépit de vous voir lâchée par votre dernier amant, vous vous êtes, sans amour, jetée dans mes bras, lorsqu'il apprendra que je vous ai quittée après deux mois de liaison, lassé par vos exigences et vos caprices, et avec le désir et la volonté de ne jamais vous revoir.

LINA.

Bravo! Vous avez la mémoire du cœur! On a raison de dire qu'on devient vieux, mais qu'on reste... *(Le toisant avec mépris.)* ce que vous êtes! Pourtant, vous ne commettrez pas cette rosserie! Le jour où j'ai eu le mauvais goût et la folie de me donner à vous, je savais du moins ne pas avoir affaire à un manant. Non, vraiment, vous ne ferez pas ça, monsieur de Malhoûet! Noblesse oblige!

MALHOUET.

Détrompez-vous. Je renierai tout préjugé. Le sentiment d'honneur que vous invoquez pour votre défense a créé l'odieuse situation où je me débats depuis un an, et ne saurait plus me retenir lorsqu'il s'agit d'une femme comme vous. Je me demande comment j'ai pu hésiter

8

si longtemps et par quelle aberration ai-je pu y sacrifier le bonheur de mon fils!

LINA.

Si c'est le bonheur de Pierre qui est en jeu, vous le rendrez le plus malheureux des hommes en lui révélant ce passé dont le secret n'est pas le vôtre, dont, moins que personne, vous n'avez le droit d'évoquer le souvenir...

(Entre Pierre.)

SCÈNE III

Les Précédents, PIERRE.

PIERRE, *les dévisageant avec surprise.*

Comme vous voilà pâles tous les deux! Qu'y a-t-il? Lina! Mon père! Parlez! Que se passe-t-il? Voyons, parlez! Je veux savoir!...

MALHOUET, *avec résolution.*

Oui, Pierre, tu vas savoir, c'est ton droit, et cette situation n'a que trop duré!

LINA, *prenant son mari à part.*

Je t'expliquerai plus tard. Ton père vient d'avoir une crise. Il m'a menacée ; j'en suis encore toute tremblante. Je t'en supplie, partons tout de suite.

MALHOUET, *avec autorité.*

Pierre ne partira pas sans m'avoir entendu. Inutile, Lina, d'ajourner cette explication : elle doit avoir lieu, et, vous le sentez bien, elle sera définitive. *(Se tournant vers Pierre.)* Pierre, mon enfant, pardonne-moi le cruel chagrin que je vais te faire. Dieu m'est témoin que je donnerais ma vie pour te l'épargner ! Pardonne-moi, surtout de n'avoir pas reconnu plus tôt quelle était la seule ligne de conduite à suivre. Je suis coupable... *(Avec exaltation.)* très coupable !

PIERRE, *lui prenant les mains.*

De grâce, mon père, calmez-vous ; nous reprendrons cette conversation. Mais, en ce moment, vous êtes malade ; tenez... *(Il lui prend le poignet)* votre pouls bat la campagne ; laissez-moi appeler votre vieux Morin...

MALHOUET, *se dégageant.*

Inutile. Ce que j'ai à te dire ne souffre plus de retard. Pierre, lorsqu'il y a un an je t'ai parlé du passé de ta femme, tu as refusé de me croire si je ne te donnais des

preuves. Cela ne me semblait pas possible alors, j'ai
cru devoir me taire, accepter ce que ta passion aveugle,
ton manque de foi dans mes assertions rendait inévi-
table. J'avais aussi le fol espoir que, transplantée dans
un milieu sain, entourée de respect et d'affection, ta
compagne, oubliant ses tristes écarts, saurait redevenir
digne de toi, des sacrifices que tu faisais si généreusement en l'épousant.

Quelle illusion! comment n'ai-je pas compris que
chez la jeune fille corrompue que j'avais, hélas! jugée à
l'œuvre, il y a trois ans, la gangrène avait atteint le cœur
aussi bien que le cerveau. De quels harcelants remords
ai-je payé cette illusion, quand le doute, le faible espoir
des premiers mois de votre union a fait place à la certitude de l'indignité de cette femme! Pierre, elle te
trompe, et il y a six mois qu'elle a pris un amant!

LINA. *frémissante.*

Consentirez-vous qu'on m'insulte ainsi en votre présence? Vous n'avez donc pas de sang dans les veines?
Partons! je l'exige!...

PIERRE.

Soyez pitoyable! Il délire... Vous le voyez bien!...

MALHOUET, *avec emportement.*

Malheureux! Quand je te dis que là, tout à l'heure,

pendant le bridge, caché à ses yeux par ce paravent, j'ai entendu ta femme donner rendez-vous à Livry pour cette nuit! Que, sous ce toit, le nôtre, pendant que tu étais à Nantes, je l'ai surpris, lui, son complice, deux fois, sortant de sa chambre, à une heure avancée de la nuit!

PIERRE, *saisissant rudement Lina par le bras.*

Ah! c'en est trop!... Parlez! défendez-vous!...

LINA.

A quoi bon?... Vous l'avez dit vous-même : il déraisonne.

PIERRE.

M'expliquerez-vous au moins ce que signifie la présence de Livry, dans votre appartement, la nuit?

LINA.

Votre père, dans sa haine contre moi, dénature les faits les plus simples. *(S'adressant à Malhoüet.)* Vous oubliez, monsieur, que Livry et Valanges se réunissent tous les soirs dans la chambre de Roquebise, qui est près de la mienne. J'avoue que je ne saurais dire jusqu'à quelle heure ils prolongent leur veillée.

MALHOUET.

Et vous oseriez nier que je vous ai entendue tout à

l'heure suppliant votre amant de vous rejoindre cette nuit?...

LINA, *dédaigneuse, et se rapprochant de son mari, qui se laisse prendre la main.*

Mon mari n'est pourtant pas à Nantes!...

(Claire, qui est entrée, assiste, atterrée et en silence, à la scène qui suit.)

SCÈNE IV

LES PRÉCÉDENTS, CLAIRE.

MALHOUET, *se dirigeant vers son bureau.*

Alors, c'est des preuves qu'il te faut?... *(Il ouvre un tiroir et en tire un paquet de lettres qu'il donne à son fils.)* Tiens, les voici. Ce n'est pas seulement Livry qui a été l'amant de cette femme... Moi aussi... et, je te le jure, je n'ai pas été le premier!...

(Pierre parcourt les lettres en tombant, accablé, sur une chaise.)

LINA.

Lâche! Dorénavant, on vous montrera au doigt, comme ayant failli à l'honneur!

MALHOUET.

Laissez à d'autres la tâche de me juger. J'ai agi selon ma conscience.

(Il se dirige vers Pierre, qui le repousse avec horreur.)

LINA.

Je pars avant qu'on ne me chasse, mais je suis vengée! *(Elle montre Pierre et sort.)* Je ne serai pas seule à vous maudire!...

CLAIRE, *à Malhouet.*

Que vont-ils devenir? Qu'as-tu fait?...

MALHOUET, *accablé.*

Justice... tardive... mais justice, enfin!

CLAIRE.

Justice? Peut-être... mais... en avais-tu le droit?...

Un Épisode

des Temps chevaleresques

(1434)

Un Épisode
des Temps chevaleresques

───

« *EL PASSO HONROSO* »[1]

───

L'ɪɴsᴛɪᴛᴜᴛɪᴏɴ de la chevalerie exerça une influence des plus décisives à travers tout le moyen âge.

Exaltant les plus nobles sentiments, elle fut comme la sanction de l'amour idéal, de la protection de l'opprimé, du sentiment de la dignité personnelle. Ce fut surtout dans son sens le plus élevé la glorification de la femme et de la constance en amour.

───

1. Le tournoi d'honneur. « El Passo Honroso » a inspiré un poème en quatre chants à un descendant des Quiñones de Leon, le célèbre poète et écrivain duc de Rivas.

L'Église, en confirmant solennellement l'ordre de la Chevalerie, vint encore en augmenter le prestige. Ce ne fut plus alors simplement une institution publique, le le premier degré du régime féodal ; il acquit un caractère essentiellement religieux. Le pouvoir ecclésiastique consacrant le chevalier devant l'autel, lui faisant prêter serment sur les évangiles de se soumettre aux règles [1] qu'il lui imposait, et bénissant ses armes, lui reconnaissait le droit de rendre justice.

Aussi, à peine les institutions chevaleresques commencent-elles à avoir cours, l'égoïsme et les mobiles exclusivement intéressés font place à l'idée morale ; le sentiment de l'honneur purifie les mœurs, et le courage, la bravoure individuelle portée à son plus haut degré, viennent suppléer à l'inefficacité des lois de répression et à l'insuffisance des tribunaux.

Parallèlement à cette progression ascendante de l'homme dans l'ordre moral, et comme sa conséquence logique, nous voyons la figure de la femme, jusqu'alors un peu effacée dans la pénombre où semblent l'avoir

---

1. Le nouveau chevalier s'engageait sous serment à ne pas épargner son sang pour la défense de sa religion, de son roi et de sa patrie. Il jurait également de s'employer à la défense des femmes et des orphelins, d'obéir à ses supérieurs, de se montrer toujours courtois, de ne jamais mentir ni manquer à sa parole. Un chevalier ne pouvait pas recevoir de pension d'un prince étranger.

reléguée les premiers siècles de l'ère chrétienne, se dégager chaque jour avec plus de relief et de beauté. Alors apparaissent successivement dans l'histoire de ces temps troublés les nobles silhouettes de la comtesse Mathilde, de Blanche de Castille, de Pétronille de Craon, abbesse de Fontevrault, de la bonne et charmante Élisabeth de Hongrie, comtesse de Thuringe, et celles de tant d'autres femmes dont l'habile et bienfaisante influence se fait sentir de façon prépondérante dans les sphères où elles rayonnent. Et c'est encore le culte de la femme, relévée par l'esprit chrétien, qui inspire les sentiments héroïques et les hauts faits, poussés jusqu'à l'extravagance, sujets de tous les romans de chevalerie.

Pour ceux qui ont lu *Don Quichotte,* la grande vogue dont jouirent pendant quelque temps ces ouvrages [1] n'est pas douteuse, mais le public est généralement porté à croire que les prouesses et les exploits dont ils

1. En Espagne l'engouement arriva à un tel point qu'en 1553 le gouvernement dut intervenir et en interdire l'impression et la vente dans les colonies. Deux ans plus tard, les Cortès étendirent la défense à la métropole et ordonnèrent la recherche de ces ouvrages pour les faire

font le récit sont purement imaginatifs. C'est sans
doute en partie vrai pour ce qui concerne les chevaliers
errants, mais il est avéré que certaines habitudes chevaleresques, dépouillées des formes surannées des premiers temps, subsistèrent en Europe longtemps après
l'abolition du régime féodal [1].

Quelques-uns de ces usages se conservèrent en Espagne jusqu'à fin du xve siècle.

L'épisode tiré d'une vieille chronique espagnole [2] dont
nous allons à grands traits faire le récit provoqua en Europe un vif sentiment de curieuse admiration. Il devait
suggérer plus tard au pittoresque chevalier de la Triste-
Figure un argument pour soutenir l'existence d'Amadis
des Gaules, de Palmerin, de Galaor et de la longue
lignée de preux qui marchèrent sur leurs brisées.

Le lecteur se souvient peut-être qu'après sa captivité
dans la cage enchantée Don Quichotte, à peine remis
en liberté, soutient une discussion animée avec le cha-
noine. Celui-ci s'efforce de le persuader que les person-

---

brûler publiquement. Mais ce fut Cervantes qui porta le dernier coup
aux romans de chevalerie avec la publication de son immortel chef-
d'œuvre.

1. Le déclin et la disparition de la chevalerie coïncidèrent avec ceux
de la féodalité.

2. *El libro del Passo Honroso, defendido por el exelente cavallero Suero
de Quiñones, copilado de un libro de mano antiguo por Fr. Juan de Pineda,
relijioso de la órden de San Francisco.*

nages mythiques qu'il se propose pour modèles ne sont
que des fantômes créés par le fécond cerveau de l'écrivain. La réponse de l'ingénieux hidalgo est un amusant
mélange de bon sens et de déraison. Les créations des
romanciers sont placées par lui sur la même ligne que
Roland, le Cid et autres paladins célèbres. « Niez donc,
fait dire Cervantes à son héros, que don Fernando de
Guzman soit allé courir les aventures en Germanie et
qu'il se soit battu en combat singulier avec messire
Georges, chevalier de la maison du duc d'Autriche!
Affirmez aussi, si le cœur vous en dit, que la joute de
Suero de Quiñones n'est qu'une bonne plaisanterie! »

C'est de cette joute, qui constitue un des traits les
plus caractéristiques du règne de Jean II de Castille,
que nous voulons entretenir le lecteur. Nous nous
efforcerons de conserver au récit la forme naïve et laco-
nique qu'il tient du chroniqueur qui fut témoin ocu-
laire du tournoi.

Le gentilhomme qui en prit l'initiative ne comptait
que vingt-cinq ans et faisait partie de la maison de son
parent, le fameux connétable don Alvaro de Luna, alors
à l'apogée de sa fortune. Don Suero de Quiñones, c'était

son nom, était fils de don Diego Hernandez de Quiñones,
chef d'une des plus puissantes [1] familles du royaume,
dans laquelle la charge de « Merino [2] mayor de Asturias
y Leon » était héréditaire [3]. Sa mère était Toledo.

1. Les Quiñones finirent par s'emparer presque entièrement de la
principauté des Asturies. Constamment en révolte contre l'autorité
royale, ils étaient maîtres des principales villes et forteresses et déte-
naient tous les honneurs et les emplois. Leur tyrannie devint insupportable, et en 1444 (dix ans après le Passo Honroso) il se tint une assemblée générale dans la ville d'Avilès, restée fidèle au roi, pour procéder
à leur expulsion de la province. (Telles, *Nobleza de Asturias*; Carvalio,
Antiguedades de Asturias.)

2. Le « Merino » (du latin mayorinus) était en Espagne l'équivalent
du gouverneur de province en France. Nommé par le roi, il exerçait
la plus ample autorité sur le territoire à sa charge. A partir du règne
de Ferdinand et Isabelle, il perdit toute autorité et le nom seul se con-
serva dans quelques familles illustres à simple titre d'honneur. C'est
ainsi qu'au xviiie siècle nous voyons un duc de Frias, descendant par les
femmes des anciens « Merinos mayores » des Asturies, en porter encore
le titre.

3. Pedro Alvarez de Quiñones, 1er Merino mayor de Asturias.

Suero Perez de Quiñones, 2e MM. de A. —   Ares Perez de Quiñones,
                                        1er seigneur d'ALCEDO + 1326
                                        (seule ligne où le nom patro-
                                        nymique Quiñones se soit con-
                                        servé).

Pedro Suarez de Quiñones, 3e MM. de A. — Leonor Suarez de Quiñones,

     Sans descendance.   Diego Hernandez de Quiñones,
                                        4e MM. de A.

     Pedro Suarez de Quiñones — *Suero de Quiñones*
          5e MM. de A.   Seigneur de NAVIA
          Seigneur de LUNA   + sans succession
                                        masculine.

(Nobiliario de España, Lopez de Haro.)

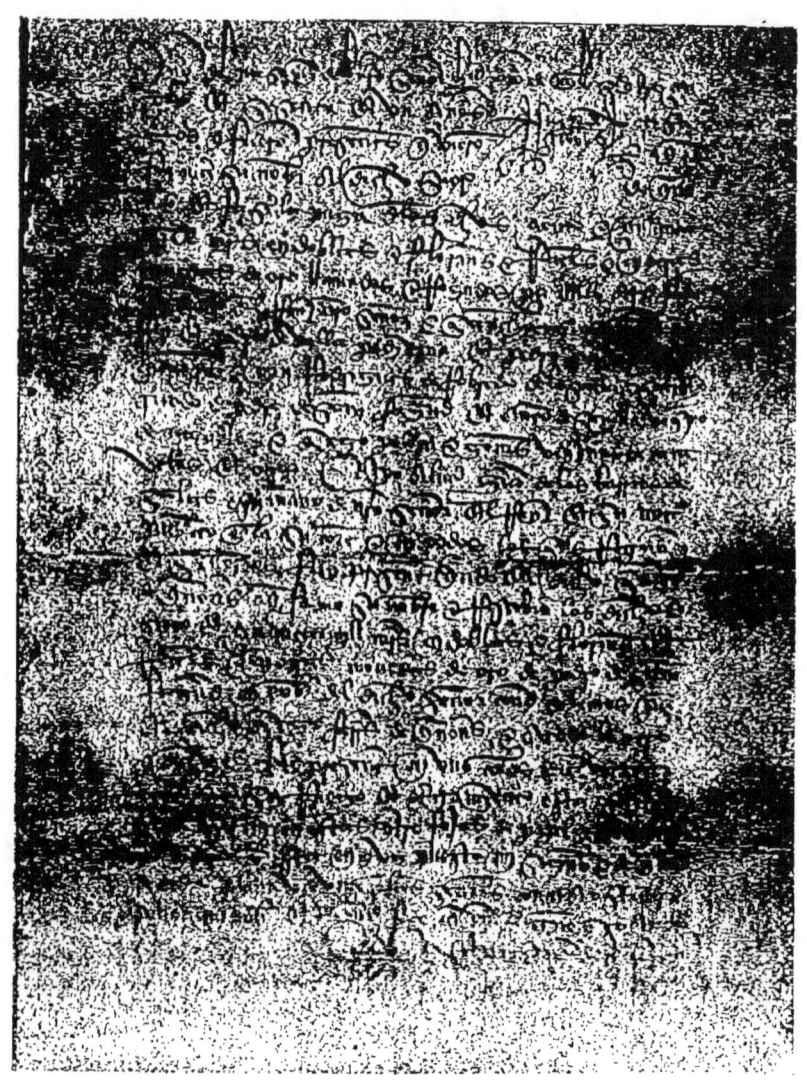

Document portant la signature de Suero de Quiñones. 1431.

(Archives d'Albe)

Brave jusqu'à la témérité, excellant à tous les exercices du corps si en honneur à cette époque, d'esprit
fin et cultivé [1], don Suero brillait au premier rang à la
cour à la fois chevaleresque et littéraire de Jean II, alors
dans la vingt-septième année de son règne.

Enchaîné par des liens sans doute fort doux à une belle
dont le chroniqueur nous tait discrètement le nom [2], il
avait fait vœu [3] de porter, tous les jeudis, comme signe
de cet esclavage, un carcan de fer autour du cou.

---

1. Quiñones, comme le roi et la plupart des seigneurs de sa cour,
était poète. Quelques-unes de ses « canciones » sont parvenues jusqu'à
nous. Celle que voici est tirée du recueil de chansons « Cancionero
de S. M. ».

> Decid nuevas de mi
> E mirad si habrà pesar
> Por el placer que perdi,
> Contadle mi fortuna.
> E la pena en que vivo.
> E decid que soy esquivo.
> Que non curo de ninguna.
> Que tan fermosa la vi
> Que m'oviera de tornar
> Loco el dia que parti.

2. Trelles (*Nobleza de Asturias*) assure que cette dame, d'une grande
beauté, ne serait autre qu'une sœur du premier marquis de Berlanga.
Elle s'appelait Leonor de Tovar, et Quiñones l'épousa plus tard.

3. Les vœux de ce genre n'étaient pas rares. En Angleterre, sous le
règne d'Édouard III, plusieurs chevaliers portèrent pendant longtemps
un bandeau sur un de leurs yeux, ayant promis à leurs dames de ne
voir que d'un œil tant qu'ils n'auraient pas accompli quelque exploit
mémorable.

Désireux de recouvrer sa liberté et de se couvrir de
gloire aux yeux de la dame de ses pensées, il rêva, pour
sa rançon, l'accomplissement d'un de ces exploits reten-
tissants qui hantaient alors la cervelle de toute cette
jeune noblesse assoiffée d'héroïque et de merveilleux.

Dans ce but il résolut de convoquer tous les chevaliers de la chrétienté, afin de se mesurer avec lui dans
un tournoi entièrement organisé à ses frais et au cours
duquel trois cents lances seraient rompues en l'honneur
de sa belle.

Ce haut fait une fois accompli, un pèlerinage en action de grâces à Compostelle serait la condition complémentaire de sa rançon.

Chaque combat singulier ne comportant que la rupture de trois lances, don Suero ne pouvait prétendre
à tenir tête à lui tout seul aux nombreux combattants
qui, sans aucun doute, se rendraient à son appel. Aussi,
bien que très à contre-cœur, dut-il se résigner à choisir
quelques gentilshommes pour le seconder comme tenants [1] dans sa périlleuse [2] entreprise. Parmi les amis

---

1. Les tenants d'un tournoi entreprenaient de tenir tête contre tout
assaillant; c'étaient eux qui ouvraient le carrousel et qui portaient les
premiers défis par les cartels qu'ils faisaient publier par les hérauts, avec
les conditions de courses et de combats.

2. Les coups et blessures reçus dans ces joutes étaient souvent mortels.
Aussi l'Église les condamnait-elle, et dès 1432 le concile de Reims

et parents qui se disputaient à l'envi cet honneur, il en
désigna neuf dont voici les noms. C'était :

Lope de Estuñiga [1],

Diego de Bazan,

Pedro de Nava,

Alvaro de Quiñones [2],

Sancho de Ravanal,

Lope de Aller,

Diego de Benavides,

Pedro de los Rios [3],

Gomez de Villacorta [4].

s'efforçait d'enrayer ces dangereux divertissements et refusait les prières
et la sépulture religieuse à ceux qui y succombaient. En Allemagne, berceau de la chevalerie, 16 chevaliers perdirent la vie en Saxe au cours de
la seule année 1475. Un peu plus tard, 42 personnes périrent dans un
tournoi célèbre à Neusse, et à Darmstadt, en 1403, une querelle ayant
surgi entre les champions de Hesse et de Franconie, elle se termina par
une mêlée générale et un véritable carnage.

Godefroy Plantagenet, fils d'Edouard II, Jean de Brandebourg, Frédéric II, comte palatin, et nombre d'autres princes, perdirent aussi la
vie à la suite de tournois.

1. Fils du maréchal de ce nom et petit-fils du roi de Navarre. Il
était cousin de Don Suero et poète comme lui. Ses poésies sont recueillies
dans le « Cancionero de Estuñiga ».

2. Petit-fils d'un autre Suero de Quiñones.

3. Neveu du maréchal Diego Fernandez de Cordoba.

4. Neveu du seigneur d'Alcañices.

.*.

Le soir du 1er janvier 1434, le roi, la reine Marie, le
prince héritier et la cour se trouvaient réunis au palais
de Medina del Campo, où se célébraient de grandes
fêtes et réjouissances en l'honneur du nouvel an et de
la paix dont jouissait en ce moment le royaume. Quelle
ne fut pas la surprise de la pacifique assemblée lorsque,
héraut en tête, elle vit pénétrer, dans la salle de bal où
se tenait la famille royale, un cortège composé de dix
chevaliers armés de pied en cap. D'un commun accord,
les danses s'arrêtèrent, et à l'étonnement général Quiñones, s'avançant jusqu'au dais où se trouvait assis le
roi et lui baisant respectueusement la main, commanda
à son héraut Avanguarda de prendre la parole en son
nom. Il exposa par son entremise au souverain l'état
de captivité où il se trouvait, son désir de recouvrer sa
liberté et le prix qu'il avait fixé pour sa rançon. Suppliant le roi de daigner lui accorder la permission nécessaire à l'accomplissement de son projet, il soumit à son
approbation les règles et clauses à observer pour la

bonne ordonnance du tournoi, dont le roi et le connétable ne pourraient être que simples spectateurs. Séance tenante, Jean II réunit son conseil, et, après une courte délibération, il notifia son consentement.

Quiñones alors, s'étant débarrassé, avec l'aide d'un des courtisans, de son armet [1], monta les degrés de l'estrade et, se prosternant devant le prince, le remercia en termes chaleureux de la faveur qu'il venait de lui accorder. Il lui exprima l'espoir *de pouvoir souvent s'employer à son service comme ses ancêtres s'étaient employés à celui des grands princes prédécesseurs du roi.* Les dix chevaliers, faisant ensuite une grande révérence, allèrent déposer leurs armes et se mêlèrent à la foule des danseurs.

Le bal terminé, lecture fut donnée à haute voix des vingt-deux statuts du carrousel. Plusieurs de ces conditions étant celles généralement observées dans ces divertissements, nous nous bornerons à ne citer que celles offrant le plus d'exception et d'intérêt.

La durée du tournoi serait d'un mois à compter de quinze jours avant la fête de saint Jacques, et le lieu choisi se trouvait près du pont d'Orbigo, un peu à l'écart de la grande route qui mène de Leon à Astorga. C'était la route suivie par les pèlerins se rendant à Com-

---

1. Petit casque fermé en usage aux temps de la chevalerie.

postelle [1], et, l'année 1434 étant année de jubilé et de
grandes indulgences, ce chemin devait être plus particulièrement fréquenté.

Il serait défendu aux jouteurs de faire usage de boucliers et ils ne pourraient porter qu'une seule pièce de
renfort [2]. Les chevaliers qui ne voudraient pas se servir
de leurs propres armes pourraient en choisir d'autres à
leur gré parmi celles que Quiñones tiendrait à leur dis-
position, et celles-ci ne seraient pas de qualité inférieure
à celles employées par les tenants du tournoi.

Chaque combat comporterait la rupture de trois
lances, mais la course accompagnée d'effusion de sang
ou de la chute d'un des deux cavaliers compterait comme
une lance brisée.

Toute dame noble venant à passer dans le rayon d'une
demi-lieue de la lice se verrait obligée à abandonner son

---

1. Les restes de saint Jacques, patron de l'Espagne, sont exposés à
Compostelle à la vénération des fidèles. Les Espagnols, occupés sur leur
propre territoire à l'expulsion des Maures, ne prirent pas part aux Croi-
sades et substituèrent au pèlerinage en Terre Sainte celui de Compostelle.
Les dévots d'Angleterre et de France l'accomplissaient aussi très fréquem-
ment, et en 1154 les pèlerins français qui suivirent l'exemple de leur roi
furent si nombreux qu'à partir de cette date on donna le nom de chemin
français à la route qu'ils avaient prise.

2. Les pièces de renfort étaient des doublures de celles de l'armure
qu'on y adaptait pour les consolider. Le but des restrictions imposées
par Quiñones était de rendre les rencontres aussi sérieuses que possible.

gant droit avant de continuer sa route, à moins de trouver un champion pour le lui racheter.

Afin d'éviter que quelque assaillant, *obéissant à un mobile autre que l'amour exclusif d'une dame,* ne prétendît racheter plusieurs gants, il serait interdit de rentrer en lice les trois lances réglementaires une fois rompues.

Suero de Quiñones confierait au roi d'armes les noms de trois dames, et il offrait un gros diamant au premier chevalier qui se constituerait en champion de l'une d'elles.

Le choix des adversaires n'était pas permis et les combattants ne devraient connaître leurs noms respectifs qu'à la fin de leur joute.

Tout chevalier désireux de prendre part au Passo devrait décliner aux juges son nom et sa nationalité.

Un hôpital [1] serait installé dans le camp, aux frais de Quiñones, où les malades et les blessés recevraient assistance avec autant de zèle et de soin que s'il se fût agi de Quiñones lui-même.

Celui-ci s'engageait sur l'honneur à arrêter toute poursuite dans le cas où, par malheur, un des tenants

1. L'ambulance pourvue de sept infirmières et munie de tout le nécessaire fut installée par les soins de doña Maria de Toledo, mère de Don Suero.

recevrait mort ou blessure, au cours du tournoi, de la main d'un des assaillants.

Les gentilshommes qui, se trouvant à proximité d'Orbigo, refuseraient de jouter seraient dépouillés de l'éperon droit, qui ne leur serait rendu qu'après la preuve faite d'avoir pris part, dans la suite, à une entreprise aussi périlleuse que celle du Passo.

On désignerait deux juges [1], choisis parmi les chevaliers les plus anciens et les plus respectés, qui recevraient serment d'obéissance des combattants pour tout ce qui concernerait le tournoi et jureraient réciproquement d'observer les lois de la plus stricte équité.

Des notaires leur seraient adjoints pour prendre acte des événements et en délivrer témoignage écrit à tout chevalier qui en ferait la requête. Enfin, par la dernière clause, Quiñones déclarait que si la dame dont il était le prisonnier venait à passer près d'Orbigo « *elle était bien certaine de perdre son gant, et personne, excepté lui, ne pourrait lui gagner droit de passage, car personne au monde ne saurait la défendre d'aussi grand cœur que lui* ».

---

1. Péro Barba et Gomez Arias de Quiñones.

Don Suero procéda ensuite à rédiger le cartel qu'il adressait à tous les chevaliers des pays chrétiens, et, l'ayant signé et scellé de son sceau, il le confia à Leon, roi d'armes du roi. Celui-ci s'empressa d'expédier aussitôt en toutes directions des hérauts porteurs de copies du défi et munis de sauf-conduits pour tous ceux qui se rendraient à leur appel.

La plus grande publicité fut ainsi donnée au tournoi pendant les six mois qui en précédèrent l'ouverture.

Pendant ce temps, Quiñones s'occupa sans relâche à se pourvoir d'armes et de chevaux et à faire tout ce qui était nécessaire « *pour mener à bonne fin et avec honneur une si grande entreprise* ».

Ce fut, comme nous l'avons dit, près d'Orbigo, un peu à l'écart de la grande route qui relie Leon à Astorga, et dans un riant bosquet, qu'il se décida à faire tracer la lice. Entourée d'une palissade de la hauteur d'une lance et garnie de nombreuses tribunes, elle comptait cent-

quarante-six brasses [1] de longueur. Selon le notaire-tré-
sorier chargé des comptes du tournoi, Pedro Vivas de
Laguna, trois cents chariots transportèrent à Orbigo
les bois de construction coupés dans les forêts de Luna,
Ordas et Valdellamas, domaines du père de notre héros.

Les entrées de la lice, surmontées de luxueuses pano-
plies formées d'armes, de tapisseries de Flandre et de
bannières à l'écusson de Quiñones, étaient placées aux
deux extrémités, les tenants et les assaillants devant pénétrer dans l'enceinte en sens opposé.

Un héraut en marbre, œuvre de Nicolas Francès, architecte de la cathédrale de Leon, fut érigé sur un piédestal à proximité du camp. La main gauche posée sur
la hanche, il indiquait avec la droite la direction à
prendre, déployant une banderole où se lisait : « Al
Passo, » c'est-à-dire : « Au tournoi. »

Quiñones fit dresser vingt-deux tentes; l'une d'elles
était exclusivement réservée aux jouteurs pour s'y revê-
tir de leurs armes : les autres étaient destinées à servir
de logements à la multitude accourue de toutes parts
pour assister ou prendre part à la fête, ainsi qu'à la lé-
gion de musiciens, armuriers, brodeurs, charpentiers,
et ouvriers de toute sorte engagés pour les différentes
besognes.

1. La brasse avait 1^{m}62.

Au milieu du camp s'élevait une spacieuse baraque en bois qui devait servir de salle de banquet. L'intérieur en était richement décoré et traversé par un clair ruisseau qu'on avait détourné de son cours afin de maintenir la salle dans un état de perpétuelle fraîcheur. Il s'y trouvait deux tables, l'une pour les jouteurs et l'autre pour les personnes de haut rang [1].

*
* *

Tous ces préparatifs étaient terminés pour la date fixée du 10 juillet, et le matin de ce jour les hérauts [2], ayant procédé à dresser la liste d'enrôlement, prévinrent Quiñones que trois chevaliers étaient arrivés au pont d'Orbigo désireux d'entrer en champ clos.

C'était Arnold van Rothwalde, Brandebourgeois

---

1. Le roi, qui chassait aux environs de Ségovie, envoya à Orbigo un de ses secrétaires avec ordre de le tenir journellement au courant des péripéties du Passo.

2. Le rôle des hérauts dans les tournois était très important. Ils devaient rappeler aux combattants les lois de bonne chevalerie, entre autres à ne jamais diriger leurs coups contre les chevaux, à ne viser qu'à la tête et à la poitrine de leurs adversaires, à ne pas blesser le combattant qui relèverait sa visière, etc. Ils séparaient les adversaires lorsque l'un d'eux n'observait pas les statuts, annonçaient les noms des combattants et proclamaient celui du vainqueur.

« *de vingt-sept ans, blond et de belle mine* », et les deux frères valenciens Mosen Juan et Mosen Pero Fabla. Comme c'était un samedi, il fut jugé préférable d'ajourner la joute au lundi suivant. On en avisa les étrangers, et, après les avoir invités à se dessaisir de leurs éperons droits, il leur fut fait grand accueil, Quiñones les logeant dans sa propre tente.

Le lendemain dimanche, les dix tenants se rendirent à l'église voisine de Saint-Jean, et, après avoir assisté dévotement à la messe, ils procédèrent à prendre possession de la lice, faisant leur entrée d'honneur en grande pompe.

Ce fut dans l'ordre suivant. Les musiciens du roi et ceux à la solde des dix chevaliers, jouant du fifre, de l'atabale [1] et d'autres instruments, ouvraient la marche, immédiatement suivis d'un char conduit par un nain et attelé de deux beaux chevaux. Il contenait des lances de différentes dimensions et garnies de solides pointes en fer de Milan. Ce char était recouvert d'un somptueux parement de brocart bleu et vert, tout brodé de fleurs et d'oiseaux.

Les neuf compagnons de don Suero venaient ensuite, tous habillés de même : ils portaient des cottes d'armes et des chausses en velours rouge et des capes bleues sur

1. Espèce de tambour maure.

lesquelles étaient brodés la devise et l'emblème de leur chef. Leurs montures étaient également caparaçonnées de bleu, avec la devise : *Il faut délibérer* [1].

Enfin venait Quiñones, monté sur un puissant coursier. Il portait fièrement un magnifique costume composé d'une cotte d'armes en velours et brocart olive, surbrodée en vert plus foncé, d'un manteau de velours bleu, de chausses cramoisies et d'un haut chaperon orné de plumes.

Ses éperons, garnis de molettes à la mode italienne, et l'épée [2], qu'il portait à la main, étaient richement dorés.

La chaîne symbolique était figurée, brodée en or, sur la manche droite près de l'épaule, et tout autour se lisait, en lettres bleues, l'inscription :

Si a vous ne plait de avoyr mesure
Certes ie dis
Que ie suis
Sans venture.

---

1. C'est-à-dire : « Il faut délivrer. »

2. Il existe au musée de la Real Armeria, à Madrid, sous le numéro 188, une épée faussement tenue jusqu'à nos jours pour celle du héros du Passo Honroso. Dernièrement, le directeur du Musée, comte de Valencia de Don Juan, a signalé l'erreur. Cette épée semble plutôt avoir appartenu à un autre Suero de Quiñones qui vécut au xvi° siècle. Elle est bien de cette époque et porte sur un côté de la lame le nom du propriétaire et sur le revers on lit, gravé à l'eau-forte : « Valme Nuestra Señora. » Que la Vierge me protège.

Trois pages montés sur des chevaux caparaçonnés de brocart rouge, avec garniture de martre zibeline, fermaient le cortège. Ils étaient habillés pareillement, aux couleurs et portant la devise de Quiñones, avec la seule différence que, tandis que les deux derniers portaient une lance à la main, le premier tenait une épée nue et sur le haut de son casque était figuré un arbre [1] avec des feuilles vertes et des pommes d'or. Autour du tronc s'enroulait un serpent, et entre les branches se dressait une épée avec ces mots : *Le vray ami.*

Un grand nombre de seigneurs à pied escortaient Quiñones, et quelques-uns, pour lui rendre honneur, tenaient la bride de son cheval. C'était le frère de l'amiral de Castille, le fils du comte de Benavente et

---

1. Dans les tournois, l'accoutrement des chevaliers, le harnachement de leurs chevaux, et surtout la parure des dames, étaient souvent d'une folle extravagance. Les armes des chevaliers resplendissaient d'or et d'argent, ils portaient à leurs lances des banderoles aux soies voyantes, richement brodées, sur leurs poitrines des écharpes aux couleurs et emblèmes de leurs dames. Leurs boucliers étaient ornés de dessins fantastiques représentant des animaux ou des armoiries.

Il n'était pas rare de voir les dames se présenter traînant derrière elles leurs adorateurs, couverts de lourdes chaînes, ou portant bien en évidence un bracelet, une boucle de cheveux ou un ornement quelconque détaché de leurs parures. La traîne des robes atteignait parfois jusqu'à 12 brasses de longueur, et les larges manches de leurs corsages très ajustés descendaient jusqu'à terre. Elles portaient aussi des cornes sur leurs coiffures et des escarpins démesurément longs et pointus.

celui du comte de Valencia. L'imposant cortège fit deux fois le tour de la lice, et, faisant halte à la seconde, devant la tribune occupée par les juges, Quiñones, s'adressant à eux, les supplia de rendre impartialement justice et leur recommanda tout particulièrement les étrangers.

Après que les juges l'eurent courtoisement assuré qu'il en serait fait ainsi, les trois chevaliers qui tenaient son cheval par la bride s'adressèrent à leur tour au tribunal, le priant de leur accorder une grâce : ils demandaient que, si par malheur Quiñones était mis hors de combat, l'un d'eux fût désigné pour le remplacer, et ainsi de suite à tour de rôle pour les trois. Les juges ne crurent pas pouvoir accéder à leur demande, les neuf chevaliers tenants leur ayant rappelé que l'autorisation royale n'avait été accordée que pour eux.

*
* *

Le lundi matin, les tenants entendirent la messe dans la chapelle que Quiñones avait fait disposer dans le camp et qu'il avait pourvue de tous les ornements nécessaires ainsi que de nombreuses reliques.

Leurs dévotions terminées, ils s'armèrent en présence
des juges, qui se rendirent ensuite à la tente du chevalier
allemand pour assister à sa toilette d'armes. Il s'était
blessé à la main, mais se déclara *volontiers prêt à mourir
plutôt que de renoncer à la joute.* Son cheval, bien que
jugé supérieur à celui de don Suero, fut accepté, ses
armes approuvées, et son éperon lui fut alors rendu.

Mais, avant de donner le signal convenu, une compagnie de soldats fut alignée dans le champ clos pour
veiller à l'ordre, et l'on disposa des faisceaux de lances
où chaque jouteur pourrait choisir celles à sa convenance.

Les combattants, escortés de nombreux amis et précédés de leurs propres musiciens, firent alors leur entrée dans la lice par les deux portes opposées, et défense
fut faite au public de parler à voix haute ou de faire des
signes, toute infraction à cet ordre devant être punie par
l'amputation de la langue ou de la main.

Les trompettes sonnèrent alors la charge, et au cri
poussé par les hérauts de « *Laissez aller! Laissez aller! é
fair son deber!* », les deux chevaliers, la lance en arrêt,
se chargèrent avec furie. La lance de Quiñones, rencon-
trant la hampe de celle de son adversaire, lui arracha le
gantelet droit et se cassa par la moitié. L'Allemand
heurta don Suero au brassard gauche, dont il emporta
une pièce, mais sa lance resta intacte.

A la seconde course, Quiñones frappa messire Arnold
à la partie supérieure du plastron, et le fer pénétra sous
l'aisselle. L'Allemand perdit son brassard, et, ayant
poussé un grand cri, tout le monde le tint pour blessé.
Il n'en était pourtant rien, et sa lance, atteignant Quiñones sur le devant du heaume, se brisa près du fer. Ils
se rencontrèrent jusqu'à six fois avant de rompre les
trois lances prescrites.

Se débarrassant alors de leurs armes en présence du
public, ils regagnèrent leurs tentes, et l'étranger fut
courtoisement invité à souper à la table de don Suero.

Cependant, celui-ci n'ayant pas été blessé, les deux
frères valenciens crurent pouvoir exiger qu'il rentrât
sans délai dans la lice pour se mesurer avec eux. Sous
prétexte qu'on leur avait promis le choix des armes, ils
émettaient aussi la prétention que Quiñones leur cédât
celles dont il venait de se servir ainsi que son cheval. Le
généreux chevalier était tout disposé à le faire, mais les
juges, indignés, le lui interdirent, et il dut se borner à
prêter ses armes et à soumettre à leur choix quatre chevaux, triés parmi les meilleurs de son écurie. Du reste,
le règlement du tournoi défendait de désigner son adversaire, et Lope de Estuñiga, dont c'était le tour, se
refusa à le céder à son cousin. Quiñones, pour l'y décider, alla jusqu'à lui offrir un très beau cheval et une
chaîne en or qui valait bien trois cents doublons. Ce

fut en vain, Estuñiga l'assurant *que le don d'une ville ne lui ferait pas céder son tour.*

A l'heure de vêpres et après l'inspection de leurs armes et de leurs chevaux, Estuñiga et Fabla, somptueusement équipés et accompagnés de pages portant leurs épées et leurs lances, pénétrèrent dans le champ clos. Comme dans la joute précédente, ils s'élancèrent l'un contre l'autre, la lance en arrêt, et luttèrent avec des chances diverses, ne s'arrêtant qu'à la tombée de la nuit, à la dix-neuvième course. A la cinquième, il se produisit un incident qui impressionna les spectateurs. Un des écuyers d'Estuñiga, qui suivait la joute de son maître avec enthousiasme, ne put réprimer le cri de « Sus! Sus! A lui! A lui! ». Il fut aussitôt condamné à avoir la langue coupée; mais, sur les instances des dames présentes, les juges consentirent à adoucir leur sentence, et le trop zélé serviteur en fut quitte pour trente coups de verges et la prison.

Sur ces entrefaites, la nuit étant venue, la lice fut close pour ce jour, et, comme l'avait fait son capitaine, Estuñiga convia son adversaire à souper avec lui et avec les principaux personnages présents. La soirée se termina par un bal et d'autres réjouissances.

Les joutes de la deuxième journée ne furent, avec de légères variantes, que la répétition de la précédente, les tenants, nous dit le chroniqueur, « *défendant le champ avec honneur et intrépidité* ».

Le troisième jour, les juges ayant été prévenus que deux dames faisaient route à proximité d'Orbigo, ils leur dépêchèrent aussitôt le roi d'armes, afin de s'assurer si elles étaient nobles et escortées de chevaliers disposés à leur gagner passage. Elle répondirent qu'elles étaient de noble naissance et s'appelaient doña Leonor et doña Guiomar de la Vega. Sous la protection du mari de la première, elles se rendaient en pèlerinage à Compostelle. Le mari de doña Leonor affirma qu'ignorant du tournoi il n'était pas préparé à y prendre part, mais que si l'on consentait à rendre aux dames les gants qui leur avaient été réclamés il reviendrait pour en payer la rançon sitôt leur pèlerinage accompli. Un chevalier aragonais s'offrit à servir de champion aux deux étrangères, mais les juges ne voulurent rien entendre et ne

leur permirent de continuer leur route qu'en retenant
leurs gants en gage. Plus tard, par égard à la courtoise
réponse du gentilhomme et au pieux motif de leur
voyage, ils changèrent d'avis et expédièrent un courrier porteur des gants rejoindre les voyageuses à Astorga.

Le 16 juillet, le chevalier Francisco Davio (celui qui
s'était présenté pour les dames de la Vega) jouta avec
Lope de Estuñiga. « *Ils s'en tirèrent tous les deux à leur
grand honneur, et, au moment de quitter leurs armes,
Davio jura, de façon à être entendu de tous les présents,
que plus jamais il n'aurait d'intrigue amoureuse avec
une nonne, car c'était l'amour d'une religieuse qui l'avait
entraîné au Passo, et si, ce fait venant à être connu, quel-
qu'un l'eût accusé de sacrilège, il n'aurait pu s'en défendre
et aurait dû se reconnaître indigne de prendre part à la
lutte.* » Sur quoi le pieux chroniqueur de s'exclamer
« *que si Mosen Francis Davio avait eu l'ombre de noblesse
chrétienne, ou la pudeur naturelle qui nous pousse à ca-
cher nos honteuses faiblesses, il n'aurait pas divulgué un
fait aussi scandaleux et aussi injurieux pour notre rédemp-
teur* ».

Le même jour, les hérauts annoncèrent qu'un gentilhomme appartenant à Ruy Diaz de Mendoza, major-
dome du roi, souhaitait entrer en lice. Il se nommait
Vasco de Barrionnevo ; mais, n'ayant pas encore été

armé chevalier, il priait Quiñones de vouloir bien lui
faire cet honneur. Celui-ci y consentit volontiers et,
suivi d'une grande foule, se rendit à pied à sa rencontre. S'étant enquis si Vasco voulait entrer dans
l'ordre, sur sa réponse affirmative il tira son épée
du fourreau et, lui ayant fait faire les serments
d'usage, lui donna l'accolade en disant : « Puisses-tu,
avec l'aide de Dieu, devenir un bon chevalier et vivre
et mourir comme tel. » Barrionnevo rompit ensuite
trois lances avec Pedro de los Rios.

* * *

Le 25 juillet, fête de saint Jacques, patron de l'Espagne, Quiñones se présenta aux juges dépourvu de
trois pièces de son armure, à savoir : la visière, l'avant-
bras gauche et le devant de sa cuirasse. Il leur exposa
qu'il avait promis pour ce jour la présence au tournoi
de trois chevaliers, dépourvus chacun d'une pièce de
l'armure et disposés à jouter avec tout assaillant. Il en-
tendait tenir sa parole et, ainsi désarmé, représenter à
lui tout seul ces trois chevaliers. Les statuts ne reconnaissant aux assaillants le droit d'imposer le combat en

de pareilles conditions, la téméraire démarche de Quiñones constituait une infraction aux ordonnances, qui
fut punie sévèrement. Les juges, après l'avoir répri-
mandé, descendirent dans la lice, et, saisissant sa monture par la bride, ils livrèrent le récalcitrant cavalier
aux mains des hérauts avec ordre de le consigner aux
arrêts dans sa tente. Quiñones, fort courroucé, prenait
tous les présents à témoin de la violence qui lui était
faite, protestant hautement et disant qu'il en appel-
lerait jusqu'au roi. Sans faire cas de ses récriminations
ni de ses prières, le chevalier fut reconduit dans sa
tente, et comme, passant devant les musiciens, ceux-ci
commençaient à jouer de leurs instruments en son
honneur, il leur fut enjoint de se taire sous peine d'être
aussi jetés en prison. La proposition que Quiñones fit
aux juges, par l'entremise de son héraut, de réunir un
conseil pour résoudre le différend ne fit que les irriter
davantage, et, sous prétexte que c'était jour de fête, les
joutes furent remises au lendemain. Les juges rendirent
cependant visite au prisonnier, mais, bien que, renou-
velant ses instances, il leur assurât « *que pour l'amour
d'une dame il était allé à Grenade guerroyer contre les
Maures avec son bras droit découvert, et que Dieu, qui
l'avait alors préservé de tout mal, le protégerait aussi
maintenant* », ils ne se laissèrent pas fléchir.

Quelques jours plus tard, le 31 juillet, il se présenta

au Passo un individu disant se nommer Pedro de Torrecilla. La rumeur ayant couru qu'il n'était pas gentilhomme, personne ne voulut relever son cartel. Lope de Estuñiga s'offrit alors généreusement à l'armer chevalier. L'étranger, tout en s'en montrant fort touché, déclina cette offre, alléguant que son peu de fortune ne lui permettait pas de tenir ce rang avec toute la dignité qu'il convenait, mais que, quant à sa naissance, il se faisait fort de bien la prouver à tous, en combattant à pied ou à cheval, avec ou sans armes.

Estuñiga fut *si transporté d'aise en entendant cette hardie réponse* que, s'armant sur-le-champ, il descendit dans la lice et jouta jusqu'au soir avec lui. Leur rencontre terminée, ils relevèrent leurs visières afin de faire connaissance et d'échanger quelques courtoisies, comme c'était l'habitude. Torrecilla [1] remercia Estuñiga du grand honneur qu'il lui avait fait, protestant que de sa vie il n'en avait reçu de pareil. Il lui jura une éternelle reconnaissance et une entière dévotion à sa personne. Estuñiga, de son côté, *l'assura qu'il n'aurait pu se considérer plus honoré, eût-il jouté avec un empereur.*

---

1. Pareille condescendance est un fait très rare pour l'époque. Un siècle plus tard, Bayard refusa de monter à l'assaut en compagnie de simples lansquenets.

*
* *

On leva les arrêts de Quiñones, et il prit de nouveau part aux joutes. Celles-ci se poursuivaient sans interruption; chaque jour, de nouveaux chevaliers accouraient de tous côtés, désireux de gagner leur part de gloire au célèbre tournoi.

Vers la fin, le 2 août, il se produisit un fait assez plaisant qui donne une idée de l'esprit d'émulation qui régnait dans le camp du Passo Honroso. Un trompette lombard, qui revenait de Compostelle, ayant ouï dire que le trompette du roi de Castille, nommé Dalmau et fort renommé, se trouvait à Orbigo, fit un détour de trente lieues pour aller le trouver et lui porter un défi. Il proposait de sonner à tour de rôle en échangeant leurs instruments, et celui des deux musiciens qui serait reconnu le plus habile pourrait choisir la trompette la plus à son gré parmi celles appartenant à son rival. Dalmau accepta de fort bonne grâce, mais l'Italien eut beau faire de son mieux, il dut reconnaître sa défaite. Non seulement Dalmau renonça au prix auquel il avait droit, mais, suivant l'exemple des chevaliers, il offrit l'hospitalité à son adversaire et lui fit faire très bonne chère.

La répétition des rencontres commençait à mettre fort à l'épreuve non l'intrépidité indomptable de Quiñones et de ses compagnons, mais leur force de résistance. Ils avaient tous reçu des blessures plus ou moins graves, et leur vaillant capitaine en avait sa large part. Un jour, la joute terminée, et tandis qu'on l'aidait à se débarrasser de son armure, on s'aperçut qu'il avait dissimulé une large blessure reçue dès le commencement de la lutte et par laquelle il perdait son sang avec abondance. Une autre fois, ayant rompu trois lances et comme il se disposait à quitter la lice, il supplia les juges de le dispenser de continuer à jouter ce jour-là, le poignet qu'il s'était disloqué peu de temps auparavant le faisant cruellement souffrir. On constata que les chairs étaient déchirées et que tout le bras semblait paralysé. Il advint aussi un jour que la lance de l'adversaire de Don Suéro pénétrant dans son casque s'y brisa. On le vit s'efforcer en vain d'en arracher le fragment, et les spectateurs le crurent mortellement atteint. Mais couvrant les clameurs de la foule en s'écriant d'une voix retentissante : « *Ce n'est rien, ce n'est rien, Quiñones! Quiñones!* » il chargea de nouveau et continua le combat. Après trois courses, les juges descendirent

13

dans la lice et constatèrent qu'il était sain et sauf, « *ce qui fit crier tout le monde au miracle* ».

Cependant il ne s'était encore produit aucun accident mortel, lorsque, le 6 août, Alvaro de Quiñones entra en lice avec un chevalier aragonais nommé Herbert de Claramunt.

« Plût au ciel, s'écrie le chroniqueur, que l'infortuné Aragonais n'eût pas pris le chemin d'Orbigo ! » Car, à la quatrième course, le fer d'Alvaro lui crevant l'œil gauche pénétra dans sa cervelle. La violence du choc fut telle que la lance de Claramunt heurtant contre le sol s'y brisa, et le cavalier tombé à la renverse sur le dos de sa monture, après avoir fait ainsi le tour de la lice, s'affaissa par terre et expira sans avoir pu proférer une parole. En lui retirant son casque, l'on vit « *que l'œil droit était gros comme un œuf et que sa figure semblait celle d'un homme mort depuis plusieurs heures* ».

Au milieu du deuil et de la consternation générale, Quiñones, fort attristé de cette catastrophe, voulut faire célébrer les funérailles du malheureux chevalier avec toute la pompe possible. Mais son chagrin ne fit que s'accroître lorsque, malgré toutes ses instances, son chapelain et les moines qui se trouvaient là se refusèrent à réciter les prières des morts selon les rites de l'Église et à procéder à l'enterrement religieux. Don Suero obtint à grand'peine de son confesseur qu'il se

rendît auprès de l'évêque d'Astorga pour essayer d'atté-
nuer les rigueurs ecclésiastiques et implorer son autorisation pour la sépulture en terrain consacré. Il s'offrit à
faire transporter le corps à Leon et à le faire ensevelir
dans la chapelle[1] de sa famille. Le messager revint sans
avoir vu exaucer sa requête, et il fallut creuser la fosse
dans un champ voisin.

Le terme d'un mois fixé pour la durée du tournoi
tirait heureusement à sa fin, car Quiñones, aussi bien
que ses intrépides compagnons, se serait bientôt trouvé
hors d'état de tenir plus longtemps. Le 9 août, jour de
la clôture, il ne restait sur pied que deux chevaliers;
les huit autres minés par la fièvre ou perclus par suite
de leurs blessures se trouvaient hors de combat.

Sancho de Ravanal et Estuñiga tinrent le champ jusqu'au soir, et, au grand mécontentement des étrangers
assaillants qui avaient attendu vainement leur tour de
jouter, les juges déclarèrent solennellement le tournoi
terminé. Quiñones et ses compagnons firent alors le
tour de la lice dans le même ordre que le jour de l'ouverture, et, s'arrêtant devant le tribunal, Quiñones prononça une courte allocution rappelant les conditions du

1. La chapelle des Quiñones existe toujours dans l'église de San Isidro
de la ville de Leon. Elle est actuellement sous le patronage des ducs
de Frias.

tournoi, la raison qui l'avait motivé, et suppliant les juges de lui rendre sa liberté s'ils reconnaissaient qu'il avait satisfait la rançon convenue. « *Les juges furent d'avis qu'il avait tenu tous ses engagements sauf le nombre de lances à rompre, qui n'avait pu être atteint faute de temps.* » Quiñones fut alors délivré par le roi d'armes de son carcan de fer, et la journée se termina dans l'allégresse et les réjouissances.

Le lendemain, les dix chevaliers, précédés de musiciens à la livrée de leur vaillant capitaine, montèrent en selle et prirent la route de Leon. La ville en masse se porta à leur rencontre. Escortée des magistrats et des principaux habitants, la cavalcade mit pied à terre devant la cathédrale, et, après avoir rendu leurs actions de grâces, les chevaliers se rendirent au palais de Quiñones, où ils furent magnifiquement traités jusqu'au 15 août. Après quoi la petite troupe se dispersa non sans avoir reçu des mains de son généreux chef de riches présents en armes, en bijoux et autres effets précieux. Don Suero fit don au roi d'armes de la moitié de sa vaisselle d'argent, et les musiciens, armuriers et autres ouvriers employés au tournoi furent tous largement rétribués.

Quiñones se rendit alors auprès de ses parents et il y resta jusqu'au moment où la guérison de ses blessures lui permit d'entreprendre le pèlerinage de Compostelle, condition complémentaire de sa rançon.

* *

Peu de temps après l'heureux dénouement du Passo Honroso, Don Suero épousa Doña Leonor de Tovar, mais le mariage ne semble pas avoir assagi le turbulent chevalier.

Sa fortune passa par des phases diverses. Malgré les liens qui l'unissaient à son ancien protecteur et ami le connétable, il prit part à la conspiration ourdie par les grands pour renverser le tout-puissant favori. La conspiration avortée, il subit le sort des autres révoltés. Ses biens furent mis sous séquestre, et, condamné à l'exil comme rebelle, il lui fut interdit sous peine de mort de rentrer dans le royaume. Plus tard, grâce à l'intervention du prince héritier, qui s'était toujours intéressé à lui, il obtint son pardon et la restitution de son fief de Navia. Mais deux ans après, redevenu suspect, il fut jeté en prison dans la forteresse de Castilnovo [1]. Don

1. Le château de Castilnovo, dont les ruines grandioses existent encore, se trouvait dans la ville de Pedraxa, province de Ségovie. Il appartenait aux connétables de Castille, et c'est là qu'un siècle après ce récit furent conduits en otages les fils de François Ier, après le traité de Madrid.

Suero y languit pendant quelque temps, le roi de Navarre, son ami, n'ayant pu obtenir l'échange de sa personne contre celle du duc de Medinaceli qu'il détenait prisonnier. Pourtant en 1454 nous retrouvons Quiñones en liberté et assistant à la signature du pacte conclu entre le roi de Navarre et le prince de Viana, son fils. Ce ne fut que lors de l'amnistie qui suivit l'avènement d'Henri IV de Castille que Don Suero obtint sa grâce définitive et la dévolution de tous ses biens et honneurs. Il vivait paisiblement dans ses terres lorsqu'en 1458 Gutierre de Quijada (un des seigneurs qui avaient pris part au Passo Honroso) l'attira, ainsi que son escorte, dans une embuscade. Quiñones tomba mortellement frappé dès le début de l'action. Il n'avait que quarante-neuf ans au moment de cette fin obscure, et nous savons par le testament de sa femme[1] que ses restes furent transportés à Leon pour être ensevelis dans le couvent de Franciscains de cette ville. ·

1. Les généalogistes ne reconnaissent à Suero de Quiñones d'autre descendance légitime qu'une fille qui épousa le seigneur de Grajal. Cependant l'auteur a trouvé parmi ses papiers de famille des pièces prouvant l'existence d'un fils, né du mariage de Quiñones avec Leonor de Tovar, et qui survécut à son père.

Voyage du Prince de Galles

à Madrid

(1623)

Voyage du Prince de Galles
à Madrid

(1623)

PENDANT les dernières années du règne de Philippe III, l'Angleterre, désireuse d'un rapprochement avec l'Espagne, avait entamé avec cette puissance des pourparlers ayant pour but le mariage du prince de Galles avec l'infante Anne. Une des clauses secrètes du projet stipulait que l'archiduchesse Isabelle-Claire-Eugénie, gouvernante des Pays-Bas espagnols [1], serait dépossé-

---

1. Cédés par Philippe II à sa fille au moment de son mariage avec l'archiduc Albert à la condition qu'ils feraient retour à l'Espagne si l'archiduchesse mourait sans succession.

dée de ses états, qui passeraient à constituer l'apanage
de l'infante. Informée par son ambassadeur à Londres,
le prince d'Arenberg, de ce qui se tramait contre elle,
l'archiduchesse, justement alarmée, unissant ses efforts
à ceux du pape et de la France, également hostiles à ce
projet, parvint à le faire avorter. L'Europe apprit
presque simultanément la mort, survenue à Richmond,
du jeune prince de Galles, et les fiançailles d'Anne
d'Autriche et de Louis XIII. Pourtant, l'idée d'une
alliance espagnole avait été favorablement accueillie en
Angleterre, malgré les différences de religions [1], et, l'indécis Philippe III ayant fait de nouvelles ouvertures,
Jacques Stuart avait repris les négociations : il s'agissait, cette fois-ci, de l'union du prince Charles, son fils
survivant, avec l'infante Marie, fille cadette du roi d'Espagne. Le monarque anglais espérait que, moyennant
cette alliance, la maison d'Autriche rendrait à l'électeur
palatin, son gendre, les états dont elle l'avait dépouillé.

A Rome, le comte de Castro, chargé de négocier auprès de Paul V la dispense nécessaire au mariage, avait
trouvé le pontife peu disposé à entrer dans ses vues.
Paul V arguait, pour justifier sa répugnance, du scan-

---

1. La reine et la majeure partie du conseil et de la nation, hérétiques
comme catholiques, désirent, quoique pour des motifs différents, que le
prince se marie avec une princesse d'Espagne. — Sully. *Économies
royales.*

dale qui résulterait aux yeux de la chrétienté du mariage d'une infante avec un hérétique, sans compter que les enfants issus de cette union appartiendraient, comme leur père, à la religion réformée. Inféodé[1] secrètement à la politique de la France et désireux d'empêcher par tous les moyens la réalisation du projet, il avait mis en avant un argument qui agit puissamment sur l'esprit du roi d'Espagne, en lui rappelant que, le divorce existant toujours en Angleterre, les souverains de ce pays avaient la faculté de dissoudre leurs mariages si des enfants n'en étaient pas issus. De son côté, Jacques Stuart ne se montrait pas très conciliant, se refusant à accorder à ses sujets catholiques toutes les libertés que le pape revendiquait pour eux comme condition *sine qua non* à la dispense. Les choses en étaient là quand la mort de Philippe III, suivie de près par celle de Paul V, et l'élection du nouvel empereur, Ferdinand II, firent espérer à Jacques Ier que les événements

1. En matière diplomatique tout finit par se savoir : un secrétaire de monseigneur Campeggio, nonce à Madrid, gagné par l'Espagne, livra aux ministres de Philippe IV des dépêches originales échangées entre l'ambassadeur de Sa Sainteté et Richelieu, établissant que le Pape aidait le roi de France avec une somme de 100,000 ducats mensuels pour soutenir ses guerres contre l'Espagne. Voyant son double jeu découvert, le nonce en mourut de dépit.

Pellicer *Avisos. Lettres des PP. de la Compagnie de Jésus. (Academia de la Historia... Madrid.)*

prendraient enfin un tour plus favorable à la réalisation de ses désirs. Se décidant à faire quelques concessions, il s'engagea, en son nom et celui de son fils, à ce que les catholiques de son royaume ne seraient pas molestés dans leurs pratiques religieuses s'ils se bornaient à les exercer dans leurs foyers. Les difficultés semblant s'aplanir, la dot de l'infante fut fixée à deux millions d'écus ; il fut établi que les fiançailles seraient célébrées quarante jours après la concession des dispenses, et que le départ de la princesse aurait lieu dans le délai des trois semaines suivantes [1]. Restait la question du Palatinat.

Frédéric V, électeur palatin, avait épousé Élisabeth Stuart, fille de Jacques Ier, et cette ambitieuse princesse, qui disait « préférer manger de la choucroute avec un roi que du rôti avec un prince » [2], poussait son mari de tout son pouvoir à se tailler un royaume. L'électeur, suivant l'exemple que lui avait donné son père, s'était mis à la tête des protestants d'Allemagne et avait fait déposer Ferdinand II, roi de Bohême, se faisant proclamer à sa place. Mais ses succès s'arrêtèrent là. Roi errant et nominal pendant un hiver, son armée fut

1. *Memoirs of Clarendon.*
2. Mémoires de Loyse Juliane, princesse Palatine ; cit. d'Hanotaux, *Histoire de Richelieu.*

taillée en pièces à Prague et ses états du Palatinat envahis par les troupes bavaroises aux ordres de Tilly. Sa capitale, Heidelberg, fut investie par l'ennemi, et sa célèbre bibliothèque incendiée et mise au pillage. Enfin, l'empereur, entouré des principaux princes catholiques de l'Allemagne, accordait à son beau-frère, le duc Maximilien de Bavière, l'investiture de la dignité électorale palatine, en une diète solennelle tenue à Prague en 1623.

Le nouveau roi d'Espagne, uni par des liens étroits d'alliance et de parenté avec l'empereur, avait pourtant échoué dans tous les efforts tentés auprès de lui pour la restitution du Palatinat, et, d'autre part, Rome élevait chaque jour de nouvelles objections d'ordre religieux contre la célébration du mariage. Pourtant Jacques Stuart ne se découragea pas. Loin d'abandonner ses vues, il donna l'ordre à son agent ordinaire à Madrid, sir Walter Aston, de traiter séparément les deux affaires, et il envoya au pape un ambassadeur secret, George Gage, avec mission de seconder l'Espagne dans celle des dispenses. Leurrés par de vaines apparences, les ambassadeurs anglais écrivirent à leur souverain en termes pleins d'espoir sur le résultat de leur mission, et c'est alors que le prince Charles et son confident, le brillant et présomptueux Buckingham, résolurent de mettre à exécution le plus romanesque des projets.

*
⁎ ⁎

En mars 1623, Alvise Valaresso [1], ambassadeur de
Venise à Londres, communiquait à la Seigneurie une
nouvelle qui plongea l'Europe dans la plus profonde
stupeur.

« Hier, écrivait-il, le prince de Galles, accompagné
du marquis de Buckingham et d'un seul serviteur, est
parti pour l'Espagne. Cottington et Porter ont pris les
devants. C'est aussi incroyable que vrai, et pour ce qui
me concerne, quand on m'en a fait part, je me suis
refusé à l'admettre... On peut assurer maintenant que
l'Angleterre est dans les mains de l'Espagne. L'affaire a
été menée secrètement sans même en aviser l'ambassadeur de cette cour. C'est le roi qui a tout concerté,
souhaitant que son fils agît comme il le fit lui-même
quand il alla en Danemark. »

La nouvelle était exacte de tous points : de concert
avec son père, quittant la cour le 28 février, sous prétexte d'une partie de chasse, Charles Stuart et Buckingham se rendaient à New-Hall, propriété récemment

---

1. Dispacci d'Alvise Valaresso, Archivi Veneti generale.

achetée par le favori dans le comté d'Essex. Rendus
tous deux méconnaissables au moyen de fausses barbes
et sous des noms d'emprunt (John et Thomas Smith),
ils allèrent s'embarquer à Douvres, où les attendaient
depuis vingt-quatre heures sir Francis Cottington et sir
Endymion Porter, anciens agents d'Angleterre à Madrid. Leur générosité fut sur le point de les trahir avant
même de quitter l'Angleterre, car, à la traversée de la
Tamise, ayant donné une pièce d'or pour payer le bate-
lier, celui-ci, croyant avoir affaire à des duellistes,
s'empressa de les dénoncer au maire de Cantorbéry. Ils
n'échappèrent aux poursuites de la police que grâce à
l'excellence de leurs montures.

Néanmoins ils atteignaient Paris sans encombre le
3 mars suivant, et, sans se donner à connaître à l'ambassadeur d'Angleterre [1], ils trouvaient moyen d'assister à
un grand bal allégorique [2] donné à la cour. L'admira-

---

1. Un envoyé spécial, James Hay, comte de Carlisle, fut dépêché dans
la suite par Jacques Ier à Louis XIII pour excuser son fils de ne pas
avoir quitté l'incognito pendant son séjour à Paris.

2. Dans ce bal, Junon, entourée des dieux de l'Olympe, venait se pros-
terner devant les deux reines, Anne d'Autriche et Marie de Médicis, en
disant ces vers :

Je ne suis plus cette Junon	*L'une a fait le plus grand des rois,*
Pleine de gloire et de renom :	*L'autre le tient dessous ses lois.*
Pour deux grandes princesses,	*Pour vous, grandes princesses,*
Je perds ma royauté.	*Je perds ma royauté.*

P. DE GUZMAN (*Un matrimonio de Estado*).

tion que causa au prince de Galles la beauté d'Anne
d'Autriche augmenta son impatience de connaître sa
sœur, l'infante Marie, qui jouissait d'une grande réputation de beauté et qu'il considérait déjà comme sa
fiancée [1].

Ils se remettaient en route dès le lendemain et ren-
contraient près de Bayonne un messager de l'ambassadeur Bristol, porteur de dépêches pour Londres. Ou-
vrant sans scrupule sa valise, ils ne purent pourtant
pas prendre connaissance de ses papiers, chiffrés pour
la plupart, mais obligèrent le courrier, Gresley, à tourner bride et à les accompagner jusqu'à Irun, afin de lui
faire rapporter à Jacques Ier une lettre écrite sur le territoire espagnol.

Gresley raconta plus tard avoir trouvé Buckingham
fatigué de son long voyage à cheval et la mine défaite.
Quant au prince, jamais il n'avait semblé mieux portant, et après avoir franchi la Bidassoa il manifesta
son allégresse en se livrant à une danse extravagante.

Une dépêche non chiffrée dont il avait pu prendre

---

1. Charles Stuart écrivait de Paris à son père : « There danced the
queen and Madame (Madame Henriette, sœur de Louis XIII, qu'il
devait épouser plus tard) with as many as made up nineteen fair dancing
ladies, amongst which the queen is the handsomest, which has wrought
in me a greater desire to see her sister. » *Original Letters illustrative of
english History*, sir Henry Ellis.

connaissance et qui aurait dû, malgré son inexpérience, modérer sa joie, lui inspirant quelques doutes sur la sagesse de son entreprise, lui faisait écrire à son père en ces termes :

« The temporal articles are not concluded nor will not be till the dispensation comes, which may be God knows when, and when that time shall come, they beg twenty days to conceal it, upon pretext of making preparations [1]. »

Semant l'or à pleines mains, de nouvelles alertes attendaient les illustres voyageurs au cours de leurs pérégrinations à travers l'Espagne. A Vitoria, dans les provinces basques espagnoles, les officiers de la Douane, émerveillés de la magnificence des joyaux de leur cassette, élevèrent de telles difficultés qu'ils durent se résoudre à les y laisser en dépôt. Aux nombreux pauvres qui les importunaient sur la route et aux hôteliers qui les hébergeaient, le prince distribuait des pièces d'or en guise de menue monnaie, faisant don de vingt-cinq doublons au postillon qui le mena jusqu'à Madrid. Ces largesses émerveillaient les populations besogneuses qu'il traversait, donnant l'éveil autour de lui.

---

1. Les articles concernant l'ordre temporel ne seront conclus qu'à l'arrivée des dispenses. Dieu seul sait quand elle aura lieu, et même alors ils garderont le secret pendant vingt jours, sous prétexte de faire leurs préparatifs. *Rawson Gardiner.*

Charles Stuart parvint pourtant au but de son voyage sans avoir été reconnu ni autrement molesté.

À peine le départ de l'héritier du trône et le but de son voyage furent-ils connus à Londres, le Privy Council s'empressa de le désapprouver hautement. Si les négociations se trouvaient assez avancées pour justifier le voyage, rien ne s'opposait à ce qu'il eût lieu sur un vaisseau de la flotte royale et avec toute la solennité de rigueur. Dans le cas contraire, on livrait le prince à la merci de l'Espagne, dont on encourageait toutes les prétentions.

L'indignation contre Buckingham fut générale; des cris de haute trahison s'élevèrent contre lui, l'accusant d'avoir entraîné le prince hors du royaume, et plusieurs pairs allèrent jusqu'à le menacer de le faire mettre en jugement par le parlement. Et Jacques, qui n'avait cédé qu'à grand'peine aux instances de son *darling baby Charles* et de son *dear boy Steenie* [1], se montrait plus hésitant que jamais et enclin à rejeter sur eux toute responsabilité.

Mais nulle part la démarche hardie du prince ne devait produire une plus vive émotion qu'à Madrid même.

---

1. Bébé chéri Charles — cher petit Steenie. — Noms donnés familièrement par Jacques Stuart à son fils et à Buckingham. Le surnom de celui-ci provenait de sa grande ressemblance avec un tableau de *saint Étienne* existant à Londres.

Toujours accompagné de son fidèle confident, Buckingham, il arrivait dans cette ville tard, dans la soirée du 17 mars, et se faisait conduire à la demeure de lord Bristol [1] par un passant hélé au hasard dans la rue ; ils dépêchèrent cet étrange messager à l'ambassadeur avec prière de descendre leur parler, tandis qu'ils restaient dans le vestibule de sa demeure, causant familièrement avec les gens de service.

Bristol, qui venait de souper et se disposait à se mettre au lit, peu enclin à se déranger, insistait pour faire monter les étrangers, mais, l'inventif envoyé alléguant qu'un des personnages (ils s'étaient bien gardés de révéler leurs noms) se trouvait perclus par suite d'un accident de voyage et demandait avec instance à l'entretenir confidentiellement, il se laissa persuader et, à grand renfort de pages et de flambeaux, se rendit à la rencontre des voyageurs. Quelle ne dut pas être sa stupeur en se trouvant en présence du prince de Galles, roi d'Écosse, héritier et fils unique du roi d'Angleterre, son maître !

En politique avisé, Bristol saisit immédiatement l'immense portée de cette équipée, qui réduisait à néant l'échafaudage des laborieuses négociations menées par lui avec tant d'habileté pendant de longs mois et au cours

---

1. Sir John Digby, comte de Bristol, ancien ambassadeur d'Angleterre en Allemagne où il avait traité sans succès l'affaire du Palatinat.

desquelles il avait défendu pied à pied contre l'Espagne
le terrain des concessions.

Mais, fin diplomate et courtisan consommé, il ne laissa
rien paraître de son désappointement, tout en manifes-
tant sa joie d'abriter sous son toit le fils de son maître et
son tout-puissant favori.

La nouvelle de l'extraordinaire événement fut aussitôt communiquée au comte de Gondomar [1], ambassadeur
d'Espagne à Londres, *persona gratissima* au monarque
anglais. Gondomar remplissait ses difficiles fonctions
auprès de la cour de Saint-James depuis 1613, et il s'en
était acquitté, dès le début, avec une fermeté [2] qui le fit
respecter, en même temps que son tact et ses qualités
d'homme de cour et de salon lui créaient à la cour d'Angleterre une situation hors de pair.

Dès son arrivée, deux affaires d'étiquette ou de préséance dont il se tira à son honneur consolidèrent cette
situation.

---

1. Don Diego Sarmiento de Acuna, premier comte de Gondomar.
Jacques Stuart l'informait des projets de son fils en ces termes : « Le
galant part pour l'Espagne : je vous serais obligé de tout ce que vous
voudriez bien faire pour lui, comme si c'était pour ma personne. Que
Dieu vous ait en sa sainte garde. » (Manuscrits de la Bibliothèque na-
tionale, Madrid.)

2. Notamment au cours des poursuites exercées contre le fameux sir
Walter Raleigh pour les déprédations et les actes de piraterie commis
par lui en Amérique au détriment de l'Espagne. Désavoué par son
maître, Raleigh souffrit la peine capitale à Londres en 1618.

Reçu en audience par le palatin et avisé que ce prince exigeait qu'il lui donnât de l'altesse, tandis qu'il ne s'adresserait à l'ambassadeur qu'en lui disant *vous*, il se borna à lui parler à la troisième personne et déclina d'assister aux fêtes du mariage auxquelles l'avait convié Jacques Ier. A celles données en l'honneur du roi de Danemark venu à Londres voir le roi, son parent et allié, il sortit également victorieux d'une querelle de préséance avec l'ambassadeur de France qui lui contestait le pas. Très avant dans les bonnes grâces de Mrs Drummond, amie et confidente de la reine Anne, celle-ci faisait grand cas de l'ambassadeur espagnol, et le roi partageait cet engouement. Partisan, déjà du temps de Philippe III et des premiers pourparlers, de l'alliance anglaise, l'habile diplomate commit cependant la même erreur que ses souverains et qu'Olivares, qui voyaient surtout dans le mariage un moyen de perpétrer le rétablissement du catholicisme en Angleterre.

Lors du dernier séjour à Londres de l'ambassadeur, le prince de Galles lui avait laissé entrevoir ses projets, mais Gondomar, tout en les encourageant et comprenant le parti qu'en pourrait tirer la cause catholique en Angleterre, ne croyait guère à la possibilité de leur réalisation. Si en apprenant l'arrivée de Charles sa surprise égala celle de Bristol, sa joie fut aussi grande que le désappointement éprouvé par l'Anglais.

La nouvelle transmise par lui à Olivares parvint sans retard aux oreilles du roi. Le lendemain matin dès neuf heures, il se tenait conseil chez le premier ministre, pour délibérer sur la ligne de conduite à suivre dans cette occurrence qui n'était pas prévue par le protocole, et ordre fut donné aux nombreux monastères de Madrid de faire des prières publiques en implorant la Providence d'éclairer l'esprit du monarque au cas où quelque grave complication viendrait à surgir.

Une première conférence entre Olivares et Buckingham[1] fut presque immédiatement suivie de l'audience solennelle où Philippe IV, entouré des plus grands seigneurs de la cour, reçut le duc. Lui témoignant la plus parfaite bienveillance, il l'engagea par deux fois à se couvrir en sa présence, privilège presque exclusif aux grands du royaume et que Buckingham déclina respectueusement. Cette entrevue préliminaire une fois terminée, il fut reconduit à son auberge par le comte-duc, et celui-ci sollicita l'honneur, qu'il obtint, d'être reçu à son tour par le prince de Galles.

---

1. Georges Villiers, issu d'une famille normande, créé marquis, puis duc de Buckingham. Il fut le premier duc créé en Angleterre après l'exécution de Norfolk. Il supplanta Somerset dans la faveur de Jacques Ier, mais se rendit impopulaire par son ambition et sa cupidité, et mourut en 1628, assassiné par Felton. Au moment de son voyage en Espagne, Buckingham était président du Privy Council et grand amiral.

La petite cour [1] de Charles Stuart s'était considérablement augmentée par suite de l'arrivée de plus de quatre-vingts gentilshommes anglais, parmi lesquels se trouvaient lord Pembroke, lord Arundel, lord Hamilton, sir Andrew Crewe et d'autres personnages importants. Aussi le secret ne fut plus possible; la nouvelle se répandit dans la ville comme une traînée de poudre, et il ne fut plus question que des fêtes et réjouissances les plus appropriées pour faire à l'héritier de la couronne d'Angleterre un accueil digne de lui. Le 19 mars, surlendemain de l'arrivée du prince, se trouvait être un jour de fête, et la cour, suivant la coutume, devait défiler en de nombreux carrosses par les principales rues de Madrid, envahies, dès les premières heures du matin, par une foule parée.

Il était convenu que le prince de Galles observerait l'incognito jusqu'à son entrée officielle dans la capitale de toutes les Espagnes, mais anxieux d'assister au cortège, ce qui lui donnerait l'occasion d'entrevoir l'infante, il s'était placé sur son passage, à moitié caché avec quelques courtisans, dans la litière du duc de Cea. Le premier carrosse franchissait le seuil de l'Alcazar à quatre heures. Il était entièrement occupé par la famille

---

1. Trois jours après son arrivée, deux cents gentilshommes anglais vinrent encore augmenter sa suite.

royale : Philippe IV ayant à ses côtés Isabelle de Bour-
bon [1] (alors dans tout l'éclat de sa célèbre beauté) et entouré de ses deux frères, l'infant Don Carlos et le car-
dinal-infant don Fernando, ainsi que de sa sœur la
princesse Marie, âgée de dix-sept ans, universellement
admirée et point de mire de tous les yeux. Une suite in-
terminable de carrosses de gala, aux chevaux magnifiquement caparaçonnés, de hérauts en vêtements cha-
marrés, de laquais aux superbes livrées, faisait cortège,
justifiant la réputation de faste et de splendeur depuis
longtemps acquise à la maison d'Espagne. Le soir du
même jour, eut lieu une première entrevue entre Philippe IV et le prince de Galles, à laquelle n'assistèrent
que Buckingham et les ambassadeurs anglais d'une part,
Olivares, le duc de l'Infantado et D. Agustin Mejia de
l'autre, et, tandis que s'échangeaient les effusions royales
et les protestations courtoises, la foule s'écoulait lentement dans les rues de la capitale en se demandant, perplexe, malgré la sympathie inspirée à tous par la chevaleresque confiance de l'illustre étranger, jusqu'à quel
point un fils de l'hérétique Albion se trouvait justifié à
prétendre à la main d'une très catholique infante.

---

1. Fille aînée d'Henri IV et de Marie de Médicis.

*
* *

Philippe IV, âgé alors de dix-huit ans et accessible à tous les sentiments généreux, tout en qualifiant de « moins sensée que hardie » la démarche de son hôte inopiné, s'était montré néanmoins aussi touché que son peuple de la noble confiance témoignée par le prince anglais.

Ainsi que d'Olivares et Gondomar, il se berçait de l'espoir de le convertir au catholicisme et, par la suite, de ramener le Royaume-Uni dans le giron de l'Église. Le mot d'ordre à Madrid fut d'octroyer sans délai au prince et à Buckingham toutes les grâces qu'ils pourraient solliciter [1] ainsi que d'accomplir leurs moindres désirs.

Le projet de mariage fut certainement alors envisagé avec sympathie par le roi, son conseil et sa cour, et, le

---

1. A la requête du prince, Monterey, beau-frère d'Olivares, et Don Pedro de Granada, majordomes de la reine, furent nommés chambellans, et le roi, sachant que Charles Stuart désirait donner à Gondomar une preuve de sa faveur, le nomma conseiller d'Etat. De nombreux prisonniers furent mis en liberté, ainsi que les galériens anglais.

désir de part et d'autre d'aplanir toute difficulté prenant consistance, il semblait que l'union des deux amoureux était destinée à bientôt se réaliser. Mais les ennemis de l'Espagne, tous ceux qui avaient intérêt à empêcher l'alliance formidable des deux nations, faisaient bonne garde. Ils devaient l'induire à commettre une grave erreur politique et à s'attirer l'hostilité de la Grande-Bretagne, hostilité qui ne devait plus se démentir pendant ce règne.

Cependant, à Madrid, le roi et la cour continuaient à prodiguer à Charles Stuart les démonstrations les plus outrées de sympathie.

Il est vrai qu'elles avaient pour objet un des princes les plus séduisants de son temps. Agé alors de vingt-deux ans, tous les historiens sont d'accord pour louer le charme de ses manières à la fois majestueuses et affables, ses goûts artistiques éclairés, la régularité de sa vie et la pureté de ses mœurs. Il excellait à tous les exercices physiques, et ses brillantes qualités étaient à peine obscurcies par une certaine difficulté d'expression qui, sous l'empire d'une émotion quelconque, devenait presque un bégaiement. Au point de vue moral, quelques ombres faisaient aussi tache au tableau. Son jugement incertain le rendait indécis et l'induisait tantôt à prêter une oreille trop complaisante à ceux qui, comme Buckingham, avaient su capter sa confiance, ou bien

lui faisait adopter des résolutions téméraires et incon-
sidérées qui devenaient la cause d'inextricables embarras.

Tel était le prince que la cour d'Espagne se disposait
à fêter, et, de mémoire d'homme, on n'avait vu à Madrid une hospitalité plus magnifique, un accueil plus
enthousiaste, que ceux qui lui furent réservés.

Le roi ayant, à cette occasion, dérogé provisoirement
aux lois somptuaires, les grands rivalisèrent de faste et
d'apparat dans les fêtes données en l'honneur de l'hôte
royal. L'installation solennelle de celui-ci au palais eut
lieu le 26 mars, et ce fut ce jour-là qu'il fut donné au
prince pour la première fois d'avoir un entretien d'une
demi-heure avec sa fiancée.

Charles sortit de cette entrevue plus épris que jamais.

L'infante Marie, sans être régulièrement belle, était
fort attrayante. Son teint blanc, ses mains délicates, ses
cheveux blonds, lui prêtaient un grand charme, encore
accru par une exquise expression de douceur et une
grâce parfaite.

Élevée d'après les lois de sévère étiquette de la cour
d'Espagne, et dans l'observance rigide de sa religion[1],
sa vie se passait en dévotions et œuvres de charité. La

---

1. « Elle consacrait deux heures par jour à la prière et communiait deux
fois par semaine, se complaisant en de longues méditations sur l'Imma-

ferme douceur de son caractère, sa bonté intelligente, en avaient fait l'idole de son frère et de sa cour.

Les écueils de la situation qui l'attendait en Angleterre n'échappèrent pas à sa perspicacité, et la conscience de la catholique princesse s'élevait avec force contre son union avec un prince protestant [1]. Il n'était donc que trop naturel qu'elle s'efforçât auprès de son frère de faire rompre le mariage, et ce ne fut que sur la fin du séjour de Charles à Madrid qu'elle se laissa toucher par l'ardente admiration du jeune et beau Stuart.

Cependant, on procédait à l'installation de celui-ci au palais.

Olivares s'était chargé, de concert avec l'ambassadeur Gondomar, de meubler et de décorer les appartements destinés au prince de Galles et à son ministre. Les plus belles tapisseries du garde-meuble royal (*le Triomphe de Pétrarque, les Dieux de l'Olympe*, la série connue sous

---

culée Conception de la Mère de Dieu et à préparer de la charpie pour les hôpitaux. Tout l'argent que son frère lui donnait pour dépenser au jeu allait aux pauvres! » *Description of the Infanta, by Toby Mathew, S. P. Spain.*

1. Son confesseur ne cessait de lui répéter qu'un hérétique était pire que le diable et que l'homme dont elle devait partager la couche et qui serait le père de ses enfants était irrémissiblement voué à l'enfer. A un moment donné, les scrupules de la malheureuse princesse furent tels qu'elle annonça sa résolution d'entrer dans un couvent plutôt que de consentir au projet.

le nom des « Péchés capitaux ») furent employées à cet effet [1].

Bientôt commencèrent à affluer les présents envoyés par la reine et les Grands. Celui de la reine consistait en une cassette en or massif contenant le linge destiné au lever du prince, un nécessaire à écrire en or et écaille, quatre coffrets contenant des pastilles et confitures, des bourses brodées, de gros morceaux d'ambre et autres bagatelles, ainsi que deux grands coffres en bois précieux et bardés d'or également : l'un contenait des habits et l'autre des collets et des gants parfumés, cent bourses richement brodées et différents objets de toilette.

Gondomar envoya de nombreuses offrandes sur des plateaux en or ; Mme d'Olivares quatre bahuts regorgeant de velours ciselés et de brocarts précieux.

En mémoire du jour où le prince, caché dans la voiture du duc de Cea, avait aperçu pour la première fois sa fiancée, ce seigneur lui fit don du carrosse en même temps que d'un lit d'apparat de quatre mille écus.

Le service d'honneur de Charles Stuart s'organisa dès le lendemain de l'installation au palais. Le duc de l'Infantado fut nommé grand-maître de sa maison, et, le jour de son entrée en fonctions, il se présenta au prince

1. Plusieurs de ces tapisseries ont figuré à l'Exposition de Paris de 1900.

escorté de tous les individus du sang de Mendoza, for-
mant un imposant cortège où figuraient, sans compter
les simples gentilshommes, plus de vingt-cinq Grands
et personnages titrés. Les comtes de Gondomar et de la
Puebla remplirent les fonctions de majordomes, le
marquis de Belmonte eut qualité de grand écuyer, et
douze autres gentilshommes complétèrent la maison
espagnole du prince anglais; une somme de vingt mille
écus mensuels fut assignée pour les dépenses de son
service, et il serait prolixe de donner le détail des
somptuosités de la table du prince et de sa suite, énu-
mérées complaisamment tout au long dans les relations
du temps.

Sur le désir [1] exprimé par le roi, les Grands, les
nobles et les conseillers se présentèrent au prince pour
lui rendre hommage, déployant l'imposant cérémonial
usité en cette cour, et le duc de Cea, ne voulant pas se
laisser éclipser par Infantado, se rendit à l'Alcazar avec
une suite de vingt-quatre carrosses.

Les cérémonies prescrites par l'étiquette une fois
épuisées, vint le tour des réjouissances : chasses orga-

---

1. Ha ordenado el Rey Nuestro señor que traten de festejar y agasajar
al Principe el Almirante de Castilla, el Marquis de Velada, y el Duque
de Hijar... Y como Mayordomo de S. M. yo, el C. de la Puebla y de
su orden, escribo esta etiqueta en 15 de Abril 1623. — El C. de la
P. B^{on} N^{al}.

nisées par le grand veneur, le duc de Pastrana [1], jeux
de bagues et tournois, feux d'artifice tirés sous les fenê-
tres de Charles. La pyrotechnie, poussée par les Italiens
pendant le siècle précédent à un haut degré de perfec-
tion, faisait alors rage. Le siège de Troie, imposante
machine dont l'armature atteignait dix mètres de hauteur et couvrait une superficie de plus de cent mètres,
fit un soir les délices de la foule : la ville, entourée de
remparts et de hautes murailles crénelées, était prise
d'assaut par les troupes des Grecs alliés, s'avançant
palladium en tête. La lueur des torches, le crépitement
des feux, les cris de la multitude, donnaient l'impression
d'un vorace incendie, animé par une épouvantable
tempête. Le lendemain, changement de décor : sur une
haute montagne embrasée, se déroulaient des scènes de
vénerie : des chiens hurlants traquaient des bêtes affo-
lées, des sangliers et des cerfs vivants. Les fêtes aristo-
cratiques alternaient avec les réjouissances populaires.
Le comte de Monterey, qui avait rapporté d'Italie les
goûts artistiques et raffinés d'un grand seigneur de la
Renaissance, offrit à Buckingham, dans son palais, un
banquet dont le luxe rappelait celui resté si célèbre que
Lerme avait aimé à déployer dans des circonstances
analogues. L'almirante de Castilla, le duc de Hijar, le

---

1. Don Rodrigo de Silva y Mendoza.

marquis de Velada et d'autres grands seigneurs suivirent cet exemple.

Le dimanche de Pâques, l'almirante donna un tournoi en l'honneur du prince, et à la fête, des plus fas-
tueuses, assista Philippe IV et sa famille.

Le roi portait un somptueux costume en velours
chamois, avec le grand collier de la Toison d'or. Il était
coiffé du *sombrero* à plumes, et la garniture du chapeau
était en gros diamants. Charles était habillé à l'espagnole, en noir, et portait les insignes de Saint-Georges
et de l'ordre de la Jarretière. L'infante était aussi en
noir et or, *con estraña riqueza y extraordinaria hermo-
sura* [1]. Placés sous le même dais pendant le tournoi,
Charles put tout à loisir faire sa cour.

Tout ce qui concernait l'agrément de l'hôte royal
semblait avoir été réglé par une intelligente sollicitude.
Une seule chose avait fait défaut : par une négligence
accidentelle ou voulue, on avait omis d'affecter une des
pièces de l'appartement du prince réformé à la pra-
tique de son culte, et il s'était vu réduit à assister furti-
vement au service que faisait célébrer chez lui l'ambassadeur Bristol.

Quant à sir William Aston, il s'était converti au
catholicisme, ainsi que sa femme et ses enfants, peu

---

1. « Avec étrange richesse et beauté extraordinaire. »

D'après une gravure anglaise du temps.

après l'arrivée de Charles Stuart à Madrid. Dans la suite, lady Aston se vantait d'avoir opéré plus de quatre cents conversions en Angleterre. Il est vrai, d'après les ambassadeurs vénitiens, que dans la seule ville de Londres vingt mille familles retournèrent au catholicisme au moment où le mariage de l'infante parut décidé.

Les seigneurs anglais ne manquèrent pas d'écrire à Londres le magnifique accueil fait à leur prince, et la nouvelle en fut reçue avec un enthousiasme qui sembla gagner jusqu'aux puritains. Jacques Ier fit sonner à toute volée les cloches de la capitale, et des feux de joie s'allumèrent partout.

L'ambassadeur de Venise rapportant le fait à son gouvernement ajoutait [1] :

« O sia per la naturale flessibilià di questo popolo ad ogni volere di chi gli commanda, ò per una nova insinuazione d'afetto in corrispondenza di questi honori conferiti al proprio Principe, appare megliore disposizione, nell'animo di questi sobditi verso il matrimonio. »

Charles, répétait-on couramment, avait écrit au roi que le mariage était en prompte et bonne voie d'ac-

---

1. Les sujets de ce royaume semblent plus favorablement disposés au sujet du mariage. Ceci est dû, soit à la tendance naturelle de ce peuple à s'incliner devant les volontés de son souverain, soit au sentiment de reconnaissance qu'ont fait naître les honneurs et témoignages d'estime prodigués au prince. *Relations des Ambassadeurs vénitiens.*

commodation et l'affaire du Palatinat résolue favorablement. Comme si de l'Espagne, et non de l'empereur,
du pape et de l'électeur (dont les intérêts s'opposaient
à toute solution satisfaisante pour les Stuarts) dépendait
le règlement du litige!

Le prince était pénétré de reconnaissance pour l'accueil qui lui avait été fait, et il en écrivit à son père le
26 mars en termes chaleureux.

« We find the count Olivares so overvaluing our
journey, that he is so full of real courtesy, that we can
do no less than beseach Your Majesty to write the
kindest letter of thanks and aknowledgement you can
unto him [1]. »

Il est vrai que dans cette même lettre il se plaignait
de l'opposition faite par le nonce et demandait à Jacques
Stuart jusqu'à quel point il serait disposé à reconnaître
la suprématie spirituelle du chef de l'Église. Avec surprise et non sans indignation, Jacques lui répondit que
les conditions d'ordre spirituel avaient déjà été réglées à
Rome et à Madrid et acceptées par lui, de sorte que
le gouvernement espagnol s'était fait fort d'obtenir la
dispense.

Quant aux prérogatives du pape, son sentiment res-

---

1. Nous avons trouvé le comte d'Olivares si touché de notre voyage
et si rempli de courtoisie que nous supplions Votre Majesté de lui en
exprimer sa reconnaissance par la plus gracieuse lettre.

tait toujours le même, n'étant pas un monsieur qui changeait de religion à sa convenance comme on change de chemise, « for I am not a monsieur who can shift his religion as easily as he can shift his shirt when he cometh from tennis [1] ».

Si le pape consentait « à se dépouiller de son caractère divin et à renoncer à ses continuels empiètements sur les autres souverains, tout ce que sa conscience lui permettrait d'accorder serait la reconnaissance de son pouvoir temporel et sa prééminence comme le premier des évêques, qui le désignerait pour résoudre *en dernier ressort* des questions d'ordre religieux [2] ».

Du reste, il semble peu vraisemblable que Charles et Buckingham [3] aient songé à reconnaître la suprême autorité du pape. La mauvaise foi de part et d'autre est rendue évidente à l'heure qu'il est. Olivares, en différant le plus possible la concession de la dispense, espérait, en mettant Charles à bout de patience, l'amener à la conversion, but secret de ses désirs. Si ces ten-

---

1. Car je ne suis pas un monsieur qui change de religion aussi aisément qu'on change de chemise après le tennis.

Hardwicke. *State Papers.*

2. Rawson Gardiner

3. Pourtant, la comtesse de Buckingham, mère du favori, embrassa la religion catholique, et la conversion au protestantisme de sa femme, lady Frances Manners, au moment de son mariage, ne fut qu'apparente.

tatives ne réussissaient pas, il se ménageait une porte
de sortie en se retranchant derrière le refus du Saint-
Siège.

De son côté, la nature hésitante et dissimulée de
Charles trouvait commode de tourner la difficulté en
laissant concevoir au ministre espagnol des espérances
qu'il était bien décidé à ne jamais réaliser. C'est ainsi
que, se prêtant au jeu du ministre, il avait accepté d'assister à plusieurs conférences théologiques ayant pour
but de le convaincre.

Mais il avait affaire à forte partie, et, en matière de
duplicité, c'est au retors Olivares que devait rester la
palme.

* * *

Comblé d'attentions, très épris et, d'après toute
apparence, payé de retour, une chose, pour le prince,
restait cependant inexplicable : les ajournements, sans
cesse renouvelés, à l'accomplissement du mariage.

Les difficultés toujours renaissantes de la part du
Saint-Siège constituaient une véritable toile de Péné-
lope. Quand, après de longues et pénibles négociations,

on croyait à Madrid et à Londres avoir écarté tout obstacle, l'ambassadeur d'Espagne à Rome, le nonce, de Massimi, à Madrid, faisaient part des nouvelles exigences formulées par le pape, exigences incompatibles avec les lois anglaises et peu conciliables avec l'esprit du parlement.

Excédé de tous ces contretemps, Charles avait à deux reprises annoncé son départ. Mais, cajolé par le roi, trompé par Olivares et soumis plus que jamais au charme de l'infante, il était revenu sur cette décision.

Il se plaignait amèrement de cet état de choses à son père, qui lui portait la plus vive tendresse et, le voyant si épris, souhaitait ardemment cette union dont semblait dépendre son bonheur.

Des raisons d'ordre politique n'étaient pas étrangères à ce désir, car il espérait que l'alliance espagnole (qu'il avait déjà recherchée autrefois pour soutenir ses prétentions à la couronne d'Angleterre) produirait l'effet moral suffisant pour tenir en respect le parti puritain, dont l'hostilité sourde lui donnait fort à faire et qui devait un jour conduire son fils à l'échafaud.

Du reste, Buckingham partageait l'admiration inspirée à Charles par l'infante et qu'il exprimait à son maître en ces termes [1] :

1. *State Papers.*

« Without flattery I think there is not a sweeter crea-
ture in the world. Baby Charles himself is so touched at
heart that he confesses all he ever saw is nothing to
her, and swears that, if he want her, there shall be
blows [1]. »

Aussi, cédant à toutes les exigences du Saint-Siège
et de la cour d'Espagne, Jacques Ier prêta serment solennel, le 20 juillet, à Whitehall, entre les mains de
l'évêque de Winchester, s'engageant à respecter fidèlement toutes les clauses de la convention. Entre autres
concessions, il promettait d'obtenir du parlement d'a-
bord la suspension, ensuite l'abolition des lois pénales
existant contre les catholiques ; la garde des enfants
royaux serait confiée à leur mère jusqu'à l'âge de douze
ans, au lieu de neuf, comme il avait d'abord été stipulé.
Partout où résiderait la future princesse de Galles, une
église consacrée au culte catholique serait ouverte au
public.

Enfin, il accepta une condition encore plus exorbi-
tante : non seulement il consentit à ce que la maison de
sa future belle-fille serait composée des personnes exclusivement désignées par le roi d'Espagne, mais encore à

1. Sans flatterie, je ne crois pas qu'il existe en ce monde une plus
douce créature. Baby Charles lui-même en est si pénétré qu'il avoue
n'avoir jamais rien vu qui se puisse comparer à elle, et il jure qu'il aura
recours à tous les moyens pour obtenir sa main.

ce que *l'évêque et les vingt-quatre ecclésiastiques* à qui
devait être confiée la direction spirituelle de cette poignée d'étrangers seraient exemptés de se soumettre à
toute juridiction en dehors de celle de leurs supérieurs
hiérarchiques.

Le soir du même jour, Jacques Ier jurait devant Coloma, ambassadeur d'Espagne à Londres, et le marquis
de la Hinojosa [1] envoyé en mission extraordinaire, les
quatre clauses du traité complémentaire et secret. Il promettait que les catholiques seraient gouvernés par les
lois générales du royaume, communes à tous ses sujets
sans distinction de culte, et qu'en Écosse et en Irlande,
aussi bien qu'en Angleterre, ils auraient toute liberté de
pratiquer leur religion dans leurs foyers. Il s'engageait

---

1. Le marquis de la Hinojosa, vice-roi de Navarre et grand maître
de l'Artillerie. Il quitta Madrid en grande pompe, le roi et le prince de
Galles l'accompagnant jusqu'aux portes de la ville. Arrivé à Paris, il
poussa jusqu'à Fontainebleau, où se trouvait la cour, et fut présenté au
roi par l'ambassadeur, marquis de Mirabel. Une flotte anglaise de trois
navires l'attendait à Calais et à Douvres, où se trouvait l'ambassadeur
Coloma avec les voitures de la cour. Les plus grands honneurs lui furent
rendus au cours du voyage en Angleterre, et Jacques Ier se porta à sa
rencontre. Leur première entrevue eut lieu à Greenwich, petite ville
située à six milles de Londres. Il trouva dans la capitale la plus pompeuse
réception, comme si le roi avait voulu correspondre à l'accueil fastueux
fait à son fils à Madrid. Les fêtes les plus somptueuses et les plus magnifiques festins se succédèrent sans relâche pendant le temps que dura sa
courte mission.

aussi, au nom du prince et au sien propre, non seulement à ce qu'aucune tentative ne serait faite auprès de l'infante pour l'induire à embrasser le protestantisme, mais encore à ne pas tolérer qu'on la rendît jamais témoin de quoi que ce fût de nature à blesser ses sentiments religieux.

Par la quatrième clause, il promettait d'employer toute son autorité et celle de son fils afin d'obtenir du parlement la ratification du traité secret.

Les prévisions de Bristol et du privy council s'étaient de tout point réalisées, et ce que Jacques considérait comme la rançon de son fils dépassait tout ce que l'Espagne avait jamais pu rêver !

Le mariage semblait donc prochain et il devait se célébrer au milieu de fêtes et de réjouissances. Un grand nombre de seigneurs anglais se rendirent à Madrid afin d'y assister, et l'on y envoya pour cette occasion les plus précieux joyaux de la couronne, représentant une somme de deux millions d'écus. Ceci fit dire aux puritains avec une ironie non exempte d'amertume « qu'en Espagne se trouvait, à ce moment, tout ce que la Grande-Bretagne possédait de plus précieux : le premier prince du sang, le premier favori, ses plus riches joyaux et sa meilleure flotte ».

En effet, une flotte de vingt vaisseaux (qui coûtait plus de deux cent cinquante mille livres sterling au tré-

CASTRA HÆC FIRMANTIA SCEPTRA

SIC OMNIA VNVM

MANET VLTIMA CÆLO   ET SOLO ET POLO

NVNQVAM MARCESCO   CORDA REVINCIT AMOR   MEDICABILE SEMPER

ROSA HISPANI—ANGLICA
SEV
MALVM PVNICVM ANGL' HISPANICVM

DOMINI BENEDICTIO DITAT

Austriaca est virgo Regum Decus, Alma MARIA,
Deliciæ superum: CAROLVS. Orbis Amor:
Sydera, sol, phæbe, sic CAROLVS atq. MARIA.
Illa polo, ista solo, fædere Cuncta beant,

D'après une gravure anglaise du temps.

sor déjà très obéré de Jacques Iᵉʳ) mouillait dans la rade de Santander, sous les ordres du comte de Rutland, beau-père de Buckingham, pour conduire l'infante à son futur royaume.

Les palais de Saint-James et de Danemark, somptueusement remis à neuf par le célèbre architecte Inigo Jones, étaient prêts à recevoir le couple royal. Les chapelles attenantes, ainsi que l'église de Savoie, avaient été rendues au culte catholique afin de donner à l'infante et à sa maison toute facilité d'observer les pratiques de leur religion.

Enfin, Jacques, donnant un commencement d'exécution au traité, faisait mettre en liberté les prêtres catholiques détenus en prison, et dans son désir de hâter autant que possible le retour de son héritier allait jusqu'à surveiller en personne les travaux de l'église en voie de réparation [1].

Il lui était pourtant échappé à plusieurs reprises des propos qui semblaient gros de menaces pour l'avenir et permettaient de suspecter sa parfaite bonne foi. Parlant de la chapelle en construction, il avait exprimé ses secrètes rancœurs en s'écriant « qu'il bâtissait un temple au diable », et formulé l'espoir de voir, sous peu de temps, la chapelle convertie en volière à faisans !

_____

1. Rawson Gardiner.

Les préparatifs néanmoins suivaient activement leur cours, et rien ne semblait plus s'opposer à la célébration du mariage et au départ de l'infante, qui portait d'ores et déjà le titre de princesse de Galles.

Charles Stuart demanda donc à Philippe IV de vouloir bien en fixer la date.

A ses instances il fut évasivement répondu que la maladie du nouveau pape (Urbain VIII) empêchait le nonce de délivrer les dispenses et que l'infante ne serait prête à partir qu'au printemps prochain. On offrait au prince de réaliser le mariage, au plus tôt, à condition qu'il restât en Espagne, ainsi que sa femme, jusqu'à cette date.

Mais le roi d'Angleterre, inquiet de l'absence prolongée de son fils et alarmé de ces continuels ajournements, sollicitait son retour en termes attristés et pressants. Nous reproduisons une de ses lettres dans la langue où elle fut écrite pour ne rien lui enlever de son touchant caractère d'anxieuse tendresse.

« My sweet boy, écrivait le vieux roi, your letter by Cottington hath strucken me dead. I fear it shall very much shorten my days; and I am the more perplexed that I know not how to satisfy the people's expectation here; neither know I what to say to our council for the fleet that stayed upon a wind this fortnight. Rutland,

and all aboard, must now be stayed, and I know not
what reason I shall pretend for the doing of it. But as
for my advice and directions that ye crave, in case they
will not alter their decree, it is, in a word, to come
speedily away if ye can get leave, and give over all
treaty. And this I will speak without respect of any secu-
rity they can offer you, exept ye never look to see your
old dad again, whom I fear ye shall never see, if you
him see not before winter. Alas ! I now repent me sore
that I ever suffered you to go away. I care for match,
nor nothing, so I may once have you in my arms again.

« God grant it ! God grant it ! God grant it ! Amen,
amen. I protest ye shall be as heartily welcome as if ye
had done all things ye went for, so that I may once have
you in my arms again, and God bless you both, my
only sweet son, and my only best sweet servant : and
let me hear from you quickly with all speed, as ye love
my life. And so God send you a happy and joyful mee-
ting in the arma of your dear dad [1]. »

---

[1]. Mon enfant chéri, la lettre que vous m'avez envoyée par Cottington
m'a causé un chagrin mortel. Elle abrégera mes jours, et je me trouve
plongé dans une perplexité d'autant plus grande que je ne peux satisfaire l'attente de mes sujets ni justifier, aux yeux de mon conseil, le
départ de la flotte qui a eu lieu il y a quinze jours. Il faudra maintenant
donner l'ordre à Rutland de ne pas poursuivre son voyage, et je ne saurai
trouver un prétexte plausible.

Mais puisque vous me demandez mon avis pour le cas où ils ne s'en-

A ces touchantes supplications avaient suivi des ordres
plus formels. Charles ne pouvait donc pas accepter la
proposition fallacieuse qui lui était faite à moins de dé-
sobéir à la volonté expresse du roi. Sans compter que,
si l'infante était devenue mère, les soins exigés par son
état auraient empêché son départ, qui se trouverait ainsi
reculé à une date indéfinie. Il faut aussi reconnaître que
la situation du prince à Madrid n'était guère enviable.
Selon l'ambassadeur vénitien, il ne lui était permis de
voir l'infante que « *di rado e solo furtivamente* »[1]. On lui
avait donné à entendre que la présence des nombreux
courtisans anglais qui s'étaient transportés à Madrid n'é-

tendraient pas avec vous, je vous conseillerai de revenir aussitôt que
cela vous sera possible et d'abandonner les pourparlers. Et je vous con-
seille d'agir ainsi sans vous laisser prendre à leurs protestations : autrement vous risquez fort de ne plus jamais revoir votre vieux père, je
crains même que vous ne le revoyiez pas, à moins que vous ne reveniez
avant l'arrivée de l'hiver. Hélas! je me repens amèrement, à l'heure
qu'il est, de vous avoir permis de partir. Je ne souhaite qu'une seule
chose : c'est de vous serrer dans mes bras de nouveau.

Que Dieu me fasse cette grâce! Que Dieu me fasse cette grâce! Que
Dieu me fasse cette grâce! Amen, amen. Je vous affirme que vous serez
aussi cordialement accueilli que si vous aviez heureusement accompli
votre mission là-bas, pourvu que je puisse vous tenir encore une fois dans
mes bras. Que Dieu vous bénisse tous les deux, mon fils chéri et mon
unique, meilleur et bien-aimé serviteur! Et si vous tenez à ma vie donnez-
moi de vos nouvelles sans perdre une minute. Puisse Dieu vous réserver
une heureuse et joyeuse rencontre dans les bras de votre vieux papa!

The king to the prince and Buckingham. *Hardwicke State Papers.*

1. Rarement et de façon furtive.

tait pas bien vue en haut lieu, et il avait était contraint à en congédier la majeure partie. Celle qui restait à son service se trouvait quotidiennement exposée aux avanies et à la morgue hautaine des Espagnols, aux mauvais procédés encouragés par la rupture d'Olivares avec Buckingham. Pour comble de difficulté, le brouillon favori s'était aussi querellé avec le sage et pondéré Bristol, dont les avis, s'ils avaient été écoutés, auraient donné aux événements un tour autrement favorable.

Tout espoir une fois perdu de convertir le prince, l'intransigeance de la cour en matière religieuse était devenue agressive. Jacques Ier, pressentant les assauts que son fils aurait à subir, lui avait envoyé deux chapelains, Mawe et Wren, espérant qu'ils auraient libre accès dans l'appartement du prince au palais. Mais, à peine arrivés, le comte-duc notifia péremptoirement à Cottington qu'on s'opposerait même par la force à toute tentative de leur part pour y pénétrer.

Lassé de tant de vexations et de tous ces procédés dilatoires, blessé dans ses espérances et son orgueil, Charles, se rendant enfin aux injonctions de son père, annonça son prochain départ.

Malgré les instances pressantes des ambassadeurs à Londres, qui assuraient que tout serait rompu si l'on consentait à son retour sans l'infante, rien ne fut fait pour le retenir. Philippe avait enfin compris l'inanité

de son rêve, et toutes les tentatives visant à l'abjuration
du prince avaient échoué. C'est un des sérieux reproches
que l'on peut formuler contre Charles ; pendant de longs
mois il ne découragea pas ces espérances, et Buckingham, emboîtant le pas, suivit la même ligne de conduite. Le favori s'était abstenu systématiquement d'assister au service religieux célébré à l'ambassade par le
chapelain de Bristol, et, quand il visitait une des innom-
brables églises de Madrid, il ne manquait jamais de s'a-
genouiller révérencieusement devant le Saint-Sacrement
exposé sur l'autel. Aussi l'ambassadeur impérial, en ré-
férant à son maître, lui disait-il que les Anglais semblaient agir en tout comme des catholiques. Plusieurs interminables conférences religieuses, auxquelles
Charles eut le tort de se prêter, n'amenèrent aucun résultat. Tout le plan politique, qui reposait sur le changement de religion, croulait par sa base, et l'affaire
du Palatinat restait insoluble et plus que jamais menaçante.

L'empereur, demeurant inflexible, refusait de créer
un huitième électorat en faveur de Frédéric et même de
lui assurer la restitution de ses états après la mort de
Maximilien de Bavière. En dépit de ses assurances, l'Espagne se voyait dans l'impossibilité de donner satisfaction au prince de Galles en cette affaire qui lui tenait
tant au cœur.

A l'annonce de son départ, Philippe n'éleva pas d'objections. Lassé du long séjour de son hôte, excédé des insolences de Buckingham, qui avait fini par lui inspirer une vive antipathie, il insinua que la présence du prince auprès de son père était nécessaire pour faciliter les derniers arrangements, l'aider à mettre en exécution la convention et aplanir les dernières difficultés.

Il ne restait donc à Charles qu'à partir, et le 7 septembre, deux jours avant celui qu'il avait d'abord fixé à cet effet, il confirma le serment solennel prêté par son père, devant le conseil d'État, et laissa une procuration à Bristol pour le représenter au mariage, avec l'ordre de n'en faire usage que dix jours après la réception des bulles du pape prêtant son consentement.

Avant de quitter cette cour où il s'était conquis toutes les sympathies [1] et où tous à l'envi s'étaient disputé l'honneur de lui faire fête, il voulut témoigner sa reconnaissance et la générosité naturelle de son caractère.

Il combla les courtisans espagnols de magnifiques présents [2] et prit congé de Philippe IV et des princesses

---

1. On disait à Madrid que « si le prince n'était pas venu *accompagné* (faisant allusion à Buckingham) il ne serait pas revenu *seul* en Angleterre. »

2. Aguilar y Soto, fourrier de la cour, énumère les suivants :
Une garniture d'épées en diamants au roi.
Un diamant de 20 carats à la reine.
Un rang de 250 grosses perles à l'infante, ainsi qu'une pendeloque en

sans consentir à ce que le roi lui tînt conduite jusqu'à
l'Escurial. La cour, en masse, Olivares à sa tête, l'y ac-
compagna, et les deux régiments de la garde (espagnole
et allemande) lui firent escorte jusqu'à Santander, où
l'attendait la flotte anglaise.

Sir Thomas Somerset et sir John Finet dépêchés par
Rutland vinrent à sa rencontre et l'accompagnèrent à
bord du vaisseau-amiral, *The Prince of Wales*. Au banquet qui s'y célébra, le prince porta avec enthousiasme

diamants d'une valeur inestimable, deux diamants en forme de poire
pour les oreilles et deux grosses perles.

Un gros diamant taillé en pointe et monté en bague à l'infant Charles.

Une croix pastorale en diamants roses au cardinal infant avec une
perle de toute beauté.

Olivares reçut un gros diamant appelé « el Portugués » qui avait
appartenu au roi D. Sébastien ; la duchesse de San Lucar, sa femme,
une croix faite de gros diamants, et doña Maria de Guzman, leur fille,
une croix de diamants.

Le prince distribua également des bijoux de valeur aux grandes maî-
tresses, duchesse de Gandia et comtesse de Lemus, aux ducs de l'Infantado et de Hijar, à l'almirante de Castille, au confesseur du roi, à
l'évêque de Ségovie, aux marquis de Belmonte, de Flores-Davila et de
Mondejar.

Le comte de Gondomar reçut une bague de 2.000 écus. Des bagues
en pierreries à tous les conseillers d'Etat : les pages reçurent des chaines
en or et il leur fut distribué une forte somme d'argent.

Les archers de la garde, des bagues et 4.000 écus.

Le comte de la Puebla, une chaîne composée de 1.111 diamants et
un portrait du prince entouré de 47 diamants.

Ces présents coûtèrent 600.000 écus. En échange, comme le prince de

la santé du « roi, de la reine d'Espagne et *de la princesse de Galles* ».

Son séjour à Madrid avait duré sept mois, et jusqu'au moment des adieux, où il prit congé de Charles en l'embrassant chaleureusement, Philippe IV l'avait comblé de témoignages les plus excessifs de sympathie.

Les adieux de Buckingham et d'Olivares ne furent pas empreints de la même cordialité. Le duc anglais avait pénétré le double jeu de l'Espagnol, et le caractère

---

Galles était grand amateur de tableaux et d'objets d'art et qu'il s'était rendu acquéreur de tous ceux que contenait la collection du comte de Villamediana, mise en vente après son assassinat, le roi d'Espagne lui fit don d'une *Vénus*, du Titien, d'une *Sainte-Vierge*, du Corrège, et d'une *Madona*, de Raphaël.

Il lui offrit également plusieurs tableaux de Michel-Ange et la magnifique fontaine en albâtre envoyée par le grand-duc de Toscane au duc de Lerma.

Olivares le combla également de tableaux de grands maîtres espagnols, italiens et flamands, d'armes et de chevaux. Les comtes de Carlisle, de Arundel, de Dembigh, lord Hamilton, et les autres seigneurs de la suite de Charles Stuart reçurent des présents proportionnés à leur rang. Celui du comte de Carlisle consistait en une parure de 200 boutons en diamant, estimée à plus de 4.000 ducats, qui lui fut donnée par le roi.

Soto y Aguilar, *Tratado de las fiestas memorables*, etc. (M. S. Bibl. Nac.).

Par ordre du roi et les soins du comte de Barajas et de don Juan de Quiñones, on apprêta pour le voyage de Son Altesse d'Angleterre les provisions suivantes : 4.000 poulets, 500 chapons, 2.000. pigeons, 200 chevreaux, 100 agneaux, 50 veaux, 12 bœufs, 50 jambons, 50 tonneaux d'olives, 100 outres de vin, 12 d'huile, 8 de vinaigre, etc.

altier des deux favoris avait donné lieu à de fréquents
froissements de part et d'autre. Une profonde animosité
avait succédé aux rapports amicaux et à l'échange de
politesses des premiers jours.

D'après un écrivain anglais, Buckingham aurait pris
congé du ministre en ces termes :

« Je demeurerai toujours l'humble et reconnaissant
serviteur du roi, de la reine et de l'infante, mais ne me
considérez jamais comme le vôtre. » Olivares se serait
borné à répondre ironiquement « qu'il était fort sensible
à tant de politesse ».

Le prince à peine parti, l'infante s'empressait d'écrire
au roi d'Angleterre une lettre débordante de la plus res-
pectueuse et filiale tendresse; elle se montra si affectée
du départ de son fiancé qu'elle ne voulut plus s'habiller
que de vêtements sombres. On eut toutes les peines du
monde à l'en dissuader.

Cependant, l'ambassadeur Bristol, resté à son poste,
avait comme instructions d'attendre la fin des négociations de Rome et de représenter le prince de Galles à la
cérémonie des fiançailles, fixées pour le 9 novembre.
Les invitations pour les fêtes furent même adressées à
la noblesse.

*
* *

Le prince de Galles, de retour à Londres, éloigné de l'atmosphère de duplicité et de flatteries qui l'avait entouré à Madrid, avait eu loisir à réflexion. Les conseillers de son père, dépités de tous ces contretemps, et le parti opposé au projet s'efforçaient de le persuader qu'on lui faisait jouer le rôle de dupe, et les apparences semblaient leur donner raison.

Il revenait de Madrid sans avoir obtenu qu'on lui confiât sa fiancée, et les affaires de sa sœur, lady Elisabeth, dont il s'était constitué le champion et qu'au milieu de son égarement amoureux il n'avait pas un instant perdues de vue, n'étaient pas plus avancées. Charles comprit qu'il avait été joué, et l'enthousiasme fit place chez lui à un vif désir de se venger de l'affront infligé, à un cuisant ressentiment. Ordre fut envoyé à Bristol de ne faire usage de sa procuration que dans le cas où la restitution des États palatins serait pleinement garantie.

Que s'était-il donc passé pour changer ainsi la face des choses et quelle pouvait être la cause d'un revirement qui ne laissait plus l'ombre d'un doute dans l'esprit de personne ?

Comme rapporte l'ambassadeur Valaresso, le prince avait rencontré deux obstacles insurmontables : « la bénédiction du pontife et la volonté du favori ».

Le fait est que, si, pour les raisons énoncées plus haut, Olivares, dans le vain espoir de rétablir la paix en Europe et d'agrandir le domaine spirituel de l'Église, s'était montré propice à l'alliance, c'est que, d'après lui, le mariage précédé de la conversion donnait satisfaction à tout le monde. L'empereur se serait décidé à créer un huitième électoral en faveur de Frédéric, dont le fils, grâce à l'intervention de Charles, aurait été élevé à Vienne dans la religion catholique.

Dans les circonstances actuelles, Frédéric subordonnait cette combinaison à la restitution préalable de ses états, et l'empereur, qui ne voyait en lui que le *condottière* turbulent, l'allié des hordes farouches et indisciplinées de Betlam Gabor, ne voulait pas en entendre parler.

Subordonner le mariage au rétablissement du beau-frère de Charles, c'était, comme Bristol s'efforçait de le faire comprendre à son souverain, infliger à Philippe IV un affront qui rejaillissait sur l'infante. Ce fut le moment choisi par le comte-duc pour démasquer ses batteries.

Les intrigues de la France et, par suite, la mauvaise volonté du pape avaient trouvé un puissant auxiliaire en l'archiduchesse Claire-Eugénie, toujours inquiète de voir ses états lui échapper. Cette princesse, habile et remuante, entre autres intelligences soigneusement entretenues à Madrid, se trouvait en rapports suivis avec sa tante l'archiduchesse Marguerite (religieuse au couvent des Descalzas), et, par son entremise et celle du carme déchaussé, le Père Francisco de Jésus [1], elle avait circonvenu la comtesse d'Olivares. Celle-ci parvint facilement à convertir son mari à l'idée de faire épouser la séduisante infante par le fils aîné de Ferdinand II [2].

Pourtant Philippe IV restait fidèle à la parole donnée, et ce ne fut pas sans peine que son ministre parvint à le faire changer d'avis, en exploitant tour à tour les scrupules de conscience du roi catholique et la craintive inexpérience politique du monarque de dix-huit ans.

Dans un mémoire secret qu'il adressait au roi, il lui représentait que le but principal poursuivi par Jacques Stuart était la restitution à son gendre des États palatins donnés au duc de Bavière et que, l'alliance une fois

1. C'est à ce moine qu'avait échu la mission de catéchiser Buckingham.
2. Plus tard l'empereur Ferdinand III.

réalisée, le roi d'Espagne se trouverait placé dans un embarrassant dilemme. Si, en secondant les visées anglaises, il faisait cause commune avec les protestants, il rompait avec la politique séculaire d'attachement à l'empire, dont la guerre avec l'empereur et la ligue catholique se trouvait être la conséquence forcée. S'il penchait la balance dans le sens contraire, la rupture avec l'Angleterre s'imposait et tous les avantages du mariage projeté se trouvaient réduits à néant.

La seule solution qui d'après le ministre réunissait tous les avantages était celle du double mariage des filles [1] de l'empereur avec le prince de Galles et le fils aîné du palatin, qui serait élevé dans la religion catholique à Vienne et auquel seraient rendus ses états sans effusion de sang.

Olivares alléguait aussi, sur la foi d'une lettre de l'ambassadeur impérial, que l'Angleterre était résolue à en finir avec les catholiques du Royaume-Uni et à employer tous les moyens pour leur faire embrasser la religion protestante, ce qui mettrait l'Europe en feu, car l'empereur était décidé à s'y opposer même au risque de perdre sa couronne.

Présentée sous ce jour, la situation ne laissait pas

1. Les archiduchesses Marianne et Cécile-Renée.

d'être menaçante et Philippe IV se montrait fort perplexe, désireux de ne pas se dédire avec le roi d'Angleterre, mais effrayé d'autre part du déchaînement de
calamités qui pourrait être la conséquence du respect
de la parole donnée. Pour ne pas assumer la responsabilité entière de la conduite à suivre, il résolut de s'en
remettre à ce que déciderait le conseil d'État. Malgré
l'opposition d'Olivares qui en faisait partie, laissant de
côté les suggestions inspirées par l'esprit religieux
poussé au fanatisme, et démêlant l'écheveau compliqué
des intrigues et des intérêts opposés de la France, de
l'empire et du pape, le conseil se montra, par unani-
mité, entièrement favorable au mariage et supplia le
roi d'en presser l'accomplissement.

Vaincu sur le terrain politique et obligé de confesser
que « l'union des deux royaumes leur donnerait un
pouvoir que le reste de l'Europe ne pourrait contre-ba-
lancer [1] », Olivares s'efforça, secondé par le nonce, de
regagner le terrain perdu en faisant appel aux sentiments religieux de Philippe IV, et celui-ci crut apaiser
les scrupules de sa conscience en soumettant la question à une assemblée formée par les prélats et les théo-

---

1. Les puritains en Angleterre furent tenus en respect, et les entreprises contre l'Espagne ne furent que des conspirations de chancellerie,
qui restèrent stériles, pendant les vingt années que durèrent les différentes négociations.

logiens les plus éminents de son royaume. La diver-
gence de leurs avis laissa le roi plus indécis que jamais.
Mais il ne lui était pas réservé de décider du dénouement, et ce fut le cabinet de Whitehall qui envoya le
mot de la fin.

*
* *

Après sa longue absence, Buckingham avait trouvé
sa situation sensiblement diminuée auprès de son souverain. Les nombreux rivaux qui visaient à le supplan-
ter dans l'esprit royal lui imputaient comme un échec
la lenteur des négociations qu'il avait entreprises avec
tant d'assurance, et tout ce qu'avait eu de téméraire et
d'aventureux le voyage du prince héritier était com-
menté dans le sens le plus défavorable. Son humeur
s'était épanchée à plusieurs reprises en public, en dia-
tribes violentes contre l'Espagne en tels termes que
Jacques Ier, qui n'avait pas perdu tout espoir, dut le
réprimander sévèrement. Mais le mariage était devenu
impopulaire, et Buckingham en profita habilement, se
laissant cajoler par le parti puritain aussi bien que par

les anglicans, et se prêtant aux avances des Hollandais
et des Français, de tous ceux, en un mot, qui avaient
entravé le dessein. Resté maître absolu de la confiance
du prince, il fit pénétrer le doute dans son esprit et
l'amena à former un conseil composé de douze ministres
et pairs du Royaume-Uni afin de débattre à nouveau et
d'étudier la question.

Prenant la parole dans cette assemblée, il prononça
un violent réquisitoire où il rendait évidente la mauvaise foi du gouvernement espagnol. Après mûre délibération il fut décidé de laisser refroidir les rapports
entre les deux pays et d'observer de près la marche que
suivraient les événements en Espagne.

Sur ces entrefaites un courrier d'Allemagne rappor-
tait la nouvelle que la qualité d'électeur avait été recon-
nue au duc de Bavière par les princes de l'empire, et
l'on apprenait simultanément à Londres qu'à l'occasion
de la naissance de l'infante Marguerite la Toison d'or
venait d'être conférée à l'ambassadeur impérial Keven-
hüller, qui s'efforçait de conclure le mariage de l'infante
avec l'archiduc.

Ce fut l'effondrement des dernières espérances.
Ordre fut envoyé à Bristol de ne pas faire usage de la
procuration qui lui avait été conférée pour représenter
Charles Stuart à la cérémonie des fiançailles, et ses
lettres de rappel suivirent de près cet ordre.

La politique de Luynes [1] et de Richelieu, qui tendait
à l'isolement de l'Espagne, triomphait, et le pape,
ennemi irréconciliable du mariage d'un hérétique avec
l'infante, accordait sans objections, quelque temps
après, les dispenses nécessaires à l'union du prince de
Galles avec Henriette de France !

L'affront infligé par la cour de Madrid au roi d'Écosse
devait comporter de funestes conséquences pour l'Espagne. Dans la suite les Stuarts firent cause commune
avec ses nombreux ennemis, et leur inimitié [2] ne devait
jamais se démentir.

L'inertie de Philippe IV et la versatilité de son ministre devaient fatalement aboutir à ce résultat.

La postérité a reproché au comte-duc, comme une

1. Bien qu'il fût public et avéré que les ambassadeurs de Philippe IV
et Jacques Ier suivaient des négociations à Madrid et à Londres pour le
mariage de l'infante, le connétable envoya à Londres un ambassadeur
extraordinaire, le maréchal de Cadenet, son frère, pour proposer la main
de Madame Henriette. « Le connétable espérait s'assurer la protection du
roi de la Grande-Bretagne, faire rompre le mariage d'Espagne, conclure avec beaucoup d'avantage celui de Madame Henriette et obliger
ainsi l'Angleterre à l'assister au cas où en France il lui arrivât quelque
disgrâce. La mission de Cadenet ne réussit pas et il quitta Londres
ayant retiré peu de satisfaction et la France beaucoup de honte. » Hip-
peau : *Mémoire du comte de Tillières, ambassadeur de France auprès de
Jacques Ier*.

2. L'année suivante (1624) les Hollandais obtinrent d'Angleterre des
secours en argent pour la guerre contre l'Espagne et un corps d'armée

de ses plus lourdes fautes, de s'être attiré l'animosité de la maison régnante en Angleterre, en entravant le projet, inspiré par des raisons d'état mal comprises ou influencé par des sentiments religieux exagérés, propres à son époque et à sa race. On peut pourtant se rendre compte jusqu'à quel point ce sentiment était atténué en lui par le fait qu'en dépit de ses croyances et du sentiment de solidarité monarchique que devait ressentir Philippe IV, son gouvernement fut le premier à reconnaître la dictature de Cromwell et à rechercher, sans succès, il est vrai, son alliance. Quant à son attachement à la politique de famille, attachement traditionnel à l'empire, au fanatisme qui le poussait, en haine des hérétiques, à convertir l'Espagne en champion du catholicisme, il faudrait tenir compte pour le juger de ce qu'il se trouva fatalement entraîné dans cette voie, d'abord par les liens étroits de parenté qui unissaient les deux

---

de six mille hommes. En 1625, Richelieu sollicita des vaisseaux pour combattre les Génois, protégés de l'Espagne, et les pirates anglais unis aux Hollandais dévastèrent les côtes de l'Amérique. Charles Stuart, à la mort de son père, redoubla d'hostilité. Une flotte de 90 vaisseaux aux ordres de lord Wimbledon se présenta devant Lisbonne (1625). N'osant attaquer la ville, la flotte continuant vers le sud pénétra dans la baie de Cadix et fit une descente de 10.000 hommes qui s'emparèrent du fort du Puntal.

Ce corps d'armée se vit obligé à battre en retraite et à reprendre précipitamment la mer, poursuivi par les troupes du duc de Medina Sidonia. La flotte anglaise revint à Plymouth après avoir perdu un millier d'hommes et trente vaisseaux.

branches de la maison d'Autriche, ensuite parce que cette alliance était rendue nécessaire par la menaçante rivalité de la France, aggravée par la rupture de la trêve avec la Hollande.

Sans aucun doute, la politique d'Olivares fut funeste à son pays et contribua à l'effondrement final, mais elle n'en fut pas la seule cause. Comme le dit l'historien Canovas [1], les premiers ministres ne peuvent qu'avancer ou retarder le cours des événements ; le reste n'est que la résultante de l'action collective des peuples, des faits imposés par les circonstances, la conséquence d'erreurs ou de manœuvres habiles qui ont échappé à leur contrôle.

Tel fut le dénouement du roman si aventureusement ébauché par le chevaleresque prince de Galles et dont il ne resta d'autre trace que le nom de Maryland, donné par Jacques Ier, sur le désir de son fils, à une province lointaine du vaste empire britannique.

1. Cánovas del Castillo, *Estudios, etc.*

Rimes d'Automne

L'étendard de l'été pend, noirci sur sa hampe.
Remonte dans ta chambre, accroche ton manteau,
Et que ton rêve, ainsi qu'une rose dans l'eau,
S'entr'ouvre au doux soleil intime de la lampe.

ALBERT SAMAIN. *Automne.*

AUTOMNE

O gioventú primavera della vita,
O primavera gioventú del anno.

Encor ce beau soleil d'automne
   Qui resplendit sur le coteau,
Et demain l'hiver monotone
Le couvrira d'un froid manteau.

Encor ce doux chant qui résonne
Sous le feuillage de l'ormeau,
Encore un zéphyr qui frissonne
Et balance ce long rameau.

Jouis, mon cœur, d'un dernier rêve,
Du dernier beau jour qui se lève,
Des derniers rayons du soleil,

Du dernier zéphyr qui murmure,
Du dernier chant de la nature,
Et puis pleure jusqu'au réveil !

*
* *

Pleurer ! pourquoi pleurer encore?
   N'a-t-on pas assez de douleurs?
Pourquoi regretter une aurore,
Un murmure, un rayon, des fleurs?

Si le soleil a fait éclore
Des songes riants dans nos cœurs,
Les jours d'hiver, que rien ne dore,
N'y font pas naître que des pleurs;

21

Car, à défaut de la verdure
Et des charmes de la nature
Dont l'œil épris puisse jouir,

On peut bien rêver en décembre,
Et, malgré l'exil de la chambre,
Sentir son cœur s'épanouir !

LE COFFRET

Je garde avec amour un coffret précieux,
  Ciselé finement et de forme ancienne,
Où sommeillent, flétris, quelques objets très vieux
Et parlant à mon cœur d'une époque lointaine.

En certain jour de calme et de recueillement,
J'en fis jouer, pensif, la solide serrure;
De tous ces souvenirs rangés soigneusement
Me sembla s'élever comme un léger murmure.

Car il se trouvait là, tristes débris d'antan,
Des lettres, des portraits, puis une mèche blonde,
Faiblement parfumés, un fin mouchoir, un gant :
De mes amours défunts c'est tout le petit monde.

Puis les gages aussi d'autres affections,
Souvenirs des amis inconstants ou fidèles,
Et je vis soudain, rêves et déceptions
S'égrener sous mes yeux comme un vol d'hirondelles.

Grave alors, attendri, d'un geste un peu tremblant,
Ému, je dépliai les si chères reliques
Avec un soin jaloux et comme si touchant
A des trésors chéris, très fragiles, antiques.

Je refis à nouveau les songes d'autrefois,
L'espace d'un moment je revécus ma vie,
Et les êtres aimés dont j'écoutais les voix
Me parlaient de bonheur, de beauté, d'harmonie.

Mais, hélas! quelques-uns, et parmi les plus chers,
Sont partis les premiers pour l'éternel voyage,
Me laissant des regrets aussi profonds qu'amers
De leur affection et de leur court passage.

D'autres sont devenus négligents, oublieux,
Emportant leur bonheur, si léger et frivole,
Sous un autre ciel, sans doute, et dans d'autres lieux,
Adorant chaque jour une nouvelle idole.

Quelques autres, enfin, et ceux-là bien vivants,
Sont encore aujourd'hui mes plus chères tendresses,
Cœurs sincères toujours, et dont les sentiments
Me semblent ignorer lâchetés et faiblesses.

Je voulus alors faire une épuration,
Souhaitant séparer le bon grain de l'ivraie
Et procéder, soigneux, à la sélection
De tout ce dont le temps consacrait la durée.

Mais les feuillets meurtris, se crispant sous mes doigts,
Paraissaient m'implorer et me demander grâce,
Tristes, me suppliant de leurs plaintives voix
De respecter, au moins dans mon esprit, leur place.

Ils me disaient tout bas qu'amours, affections,
Sont tous, fatalement, voués à la poussière,
Mais que le souvenir de nos illusions
Adoucit jusqu'au bout notre temps sur la terre...

Je refermai songeur le précieux coffret,
Soudain découragé, trouvant la tâche vaine :
Fidèle, il doit garder intact tout son secret,
Jusqu'au jour de ma mort — éloignée ou prochaine.

SHIPS THAT PASS IN THE NIGHT

Some little talk awhile of Me and Thee
There was — and then no more of Thee and Me.

OMAR KHAYYAM.

Ce fut, t'en souvient-il? à la fin de l'été,
Quand les derniers beaux jours prêtaient un plus grand charme
Au pays lumineux dont la calme beauté
Dans ton cœur inquiet endormait toute alarme.

Nous marchions lentement sur un chemin ombreux.
Avec effusion tu me contais ta vie,
Dont le cours languissant semblait fastidieux;
Sentant ton charme agir, tu t'épanchais, ravie.

Hier encor, nous étions l'un à l'autre étrangers,
Tandis qu'un souffle ami de tendresse naissante
Dissipait aujourd'hui les nuages légers
Dont aime à se voiler ton âme caressante.

Tous tes discours, nouveaux pourtant à mon esprit,
Semblaient dans ma mémoire avoir trouvé leur place.
Nul sujet, entre nous, paraissant interdit,
Nous eûmes vite fait de rompre toute glace.

Et je vivais alors en un parfait repos,
Enivré près de toi de paix et de lumière
Et retrouvant, charmé, dans tes moindres propos,
Comme un refrain berceur de chanson familière,

Ou bien encor l'écho d'un très vieil entretien
Dont j'avais oublié vaguement les paroles,
Que ton cœur amical, tout bas, soufflait au mien,
Devenant du bonheur les radieux symboles.

Mais le soleil baissait derrière le coteau,
Et, la brume étalant sur les vertes prairies
Ainsi qu'un froid linceul son nébuleux manteau,
Il fallait s'arracher aux douces causeries.

A cet appel du soir devenus soucieux,
Regrettant tous les deux d'en subir la contrainte,
Sur le bord du chemin nous faisant nos adieux,
Nous nous serrions la main d'une dernière étreinte.

La courte idylle, hélas! ne dura que des jours.
Quand de ton départ sonna l'heure de tristesse,
De m'écrire souvent, sans autres vains discours,
J'obtins l'engagement, la formelle promesse.

De nos plumes alors jaillit en traits puissants
Tout l'amour que nos voix n'avaient pas osé rendre,
Venant nous éclairer sur nos vrais sentiments,
Dire tout ce qu'un cœur peut contenir de tendre.

Je compris que si bien Dieu t'a faite pour moi,
Mon but était manqué, la joie en cette terre
Ne saurait exister sans être près de toi,
Et je suivrais ma route errant et solitaire.

Car d'un homme abhorré tu serais jusqu'au bout,
Et fidèle à ta foi, la compagne soumise,
Tandis que sous mes pas je ne verrai partout
Que l'ombre du bonheur s'éloignant indécise.

NARRATION

Un jour que nous parlions de la télépathie,
    Des esprits, de l'occultisme et de sympathie,
Certain de mes amis, homme fort sérieux,
Nous fit ce court récit, qui tient du merveilleux.

« C'était, commença-t-il d'une voix lente et grave,
Dans un château ruineux, loin, en pays slave.
J'étais d'humeur chagrine ; épris d'un fol amour,
J'attendais, anxieux, la date du retour.

« Un devoir absorbant motivait mon voyage,
Paperasses, procès, des comptes de fermage,
Et je pris dès l'abord la résolution
D'écarter pour un temps l'aimable obsession.

« Il fallait renoncer à toute rêverie,
M'interdire aussi bien l'ombre de flânerie
Si toutefois je voulais abréger l'exil
Et ma tâche finir sans prétexte futil.

« La besogne avançait : las de ce surmenage
Et pareil à l'oiseau très peu fait pour la cage,
Me sentant déprimé par la reclusion,
J'en souhaitais ardemment la conclusion.

« Or un soir j'écrivais, incliné sous ma lampe,
La fièvre du travail me tenaillant la tempe.
Par une porte ouverte on pouvait entrevoir
La pièce d'à côté faisant un grand trou noir.

« Un bruit sec et léger, et presque imperceptible,
Me parvenant, furtif, de ce recoin paisible,
Me fit ressentir une étrange impression :
Je crus qu'on y marchait avec précaution.

« Une chauve-souris, sans doute, une phalène
Dont le vol éperdu ne se perçoit qu'à peine,
Ou bien le craquement du bois mangé de vers
Dans ces très vieux manoirs à tous les vents ouverts?

« Je repris mon travail, mais l'oreille inquiète,
L'esprit aux aguets et l'attention distraite;
Car le bruit persistait, semblable au frôlement
D'un pas sur le parquet, l'effleurant seulement.

« Enfin, n'y tenant plus, je déposai ma plume.
Nerveux, mal à mon aise, et fermant mon volume,
Je pris ma lampe en main et marchai vers le seuil :
Rien, la chambre semblait avoir un air de deuil.

« Sûr d'avoir fermé la porte me faisant face,
Entre les deux battants je voyais une place !
Et du long corridor, bien que très faiblement,
Arrivait jusqu'à moi le clair bruissement.

« Ma lumière atteignait le fond du couloir sombre,
Pas un recoin par moi ne fut laissé dans l'ombre,
Je ne découvris rien et revins soucieux.
Je suis brave, pourtant je me sentis peureux.

« Croyant dans le sommeil apaiser mon alarme,
Je goûtais un repos agité, lourd, sans charme,
Lorsqu'un contact glacé, frôlant mon front brûlant,
Me fit bondir du lit, le cœur tout haletant.

« Le même pas léger martelait mon oreille
De sa rumeur étrange à nulle autre pareille,
Et, la faible veilleuse aux rayons vacillants
Projetant sur les draps quelques reflets brillants,

« Je vis des fils soyeux de couleur bien connue
Dont je ne pouvais pas m'expliquer la venue.
M'habillant affolé, la tête en feu, dément,
Crédule au mystérieux avertissement,

« Je pris le premier train pour rejoindre l'aimée,
Arrivant à Paris à l'heure accoutumée...
A sa porte des amis s'informaient sans bruit :
Elle était morte, morte en cette triste nuit! »

Il se tut. Son récit fut suivi d'un silence.
Un jeune homme sceptique et rempli d'assurance,
Tandis que l'auditoire encor semblait songeur,
Hasarda d'un ton gai, légèrement railleur :

« Vous étiez un peu gris ou sans doute malade? »
Mais notre narrateur méprisa l'incartade,
Et nous crûmes sentir un souffle d'inconnu,
Subtil, planer sur nous, du vieux castel venu.

————

A UNE INCONNUE QUI PASSAIT

Elle allait son chemin, languissante, indécise,
Légère comme un songe où passerait la brise;
Et de ses pieds menus elle effleurait le sol,
Ainsi qu'un bel oiseau prêt à prendre son vol.

On voyait sur son front, à ligne noble et pure,
Cette empreinte à la fois indélébile et sûre,
Indice de penser sur le visage humain,
Comme une signature à l'ouvrage divin.

Dans son âme fermée, ou d'ombre ou de mystère,
Caressant une folle, enivrante, chimère,
Et buvant à longs traits quelque philtre enchanté,
Rêvait-elle aux échos d'ancienne volupté?

SATIÉTÉ

JE caresse le flanc rebondi
    D'une poudreuse bouteille,
Contenant, d'après ce qu'on m'a dit,
    Une liqueur sans pareille.

J'entrevois la limpide couleur
    Du nectar, de l'ambroisie,
Dont l'exquise et troublante saveur
    Vient flatter ma fantaisie;

23

Et sentant s'éveiller mon désir,
En gourmet je me prépare,
Avec un égoïste plaisir,
A goûter ce philtre rare,

Quand soudainement pris de dégoût,
Je bus un peu d'eau de source!
J'avais cependant, le croiriez-vous?
Des pièces d'or dans ma bourse!

A   MADAME   X...

COMMENT! vous demandez si j'aime encor la danse?
    Certes, oui! mazurka, gavotte et contredanse;
J'aime surtout la valse au rythme cadencé,
Au mouvement berceur ou quelquefois pressé;

Car pouvez-vous rêver de chose plus grisante
Que tenir contre vous, émue et palpitante,
La compagne choisie et de l'heure et du lieu?
Plaisir sans pareil qui vous rend l'égal d'un dieu!

Et trois fois bienheureux, le danseur intrépide,
Quand le flot tournoyant de la valse rapide,
Sur le parquet ciré précipitant ses pas,
Lui permet d'écouter le cœur qu'étreint son bras.

Il part, vole et revient, repart et tourbillonne ;
En ses charmants atours sa compagne rayonne
Et, sous les pas pressés de son noir escarpin,
Pose un pied frissonnant que l'œil poursuit en vain.

Le couple plane au loin, dans le pays du rêve,
En une communion complète, mais brève.

SOUVENIR RECONNAISSANT

I die — but first I have possec'd,
And, come what may, I have been blest.

Byron. *The Giaour.*

En météore ardent tu passas dans ma vie!
Bonheur de quelques mois, rapides comme un jour ;
Mais jour si lumineux que mon âme ravie
Ne saurait déplorer combien ce temps fut court.

La fleur éprise d'air ou de claire lumière
Peut-elle en vouloir au capricieux soleil
De n'être pas l'unique ou même la première
A jouir de l'éclat de l'astre sans pareil ?

Ah! celle que jamais aucun rayon n'éclaire
De saine vie intense et sublime chaleur
Peut se croire oubliée ou seule sur la terre,
Se lamenter flétrie en pleurant sa pâleur.

Fleurette sans parfum qui n'a pas d'horizon
Et semée au hasard sur un sol trop précaire
N'a jamais écouté de fervente oraison
Au cours d'une existence aride et solitaire.

La vie a donné tout à celui dont l'amour
Du signe des élus daigna marquer la face!
Ainsi qu'il le savait, rien ne dure qu'un jour :
A l'éclatant soleil n'a-t-il pas eu sa place?

SÉDUCTION PERVERSE

Pourquoi subir, soumis, ton influence étrange ?
  Car ton âme est cruelle et ton esprit pervers,
Et tu tiens du démon bien plutôt que de l'ange
Le regard captivant qui m'inspire ces vers.

Ton sourire si fin attire ma caresse,
M'enveloppe, subtil, de son charme tentant,
Alors que tes yeux verts et sombres de tigresse
Posent impérieux leur dilemme irritant.

Ainsi qu'un grand félin à la fois lent et souple,
La griffe de ta main, au velouté contour,
Tour à tour acérée ou soyeuse s'accouple,
Toute prête à l'attaque aussi bien qu'à l'amour.

Quand tu penches au rêve et parais langoureuse,
Un nimbe de missel poétise ton front
Et pose une auréole à ta tête amoureuse,
Estompant, vaporeux, l'éclat du reflet blond.

Mais, parfois, un éclair fulgurant et farouche,
Émanant de tes yeux, glace soudain les cœurs,
Qui, séduits par ton charme et jaloux de ta bouche,
Souhaitaient oublier tes possibles noirceurs.

Ignores-tu le mot, sirène bien-aimée,
De l'énigme qui dort ou qui sommeille en toi,
Me retenant captif et l'âme désarmée,
Incertain de ton cœur ou doutant de ta foi?

Peut-être, mon amour, tu n'en sais rien toi-même;
Ton âme est un problème énigmatique et fier;
Or, ce n'est pas en toi un idéal qu'on aime,
Et ton philtre après tout n'a rien de bien amer.

Un ciel aux clairs rayons que voilent quelques ombres
Offre au regard épris un contraste attrayant;
De ta séduction j'oublierai les pénombres
Et n'aurai souvenir que du rayon brillant.

RÊVE

J'AI rêvé d'un pays tranquille et monotone,
Un peu triste, effacé, comme un ciel gris d'automne,
Pays silencieux, où les sons, les couleurs,
Se font pâles, subtils, pour bercer les douleurs.

Au lieu d'éclats, de cris ou de voix qui résonnent,
On écoute au lointain les échos qui frissonnent,
On y marche sans bruit dans des jardins sans fleurs.
Ignorant les regrets, on n'y voit pas de pleurs.

C'est le refuge cher à ces âmes lassées
Qui viennent s'y guérir d'amertumes passées,
Que la lumière blesse et qui craignent le bruit.

Je ne l'ai vu qu'en rêve et ne le connais pas,
Car je n'ai pu jamais, y retraçant mes pas,
Retrouver le chemin parcouru cette nuit.

AU MARQUIS DE L.....E

L E pays dont vous rêvez a le ciel très bleu,
    Une nature en fleur et toujours verdoyante ;
La gaîté, les chansons y règnent en tout lieu ;
Sa frontière est ouverte à la foule bruyante.

Au pays dont vous rêvez, tel un demi-dieu,
Trônant dans la clarté d'opale chatoyante,
Bannissant les chagrins, vous ne feriez qu'un vœu :
Oublier des mortels la misère ambiante.

Vous chasseriez du cœur tout triste souvenir,
Dédaigneux du passé, sans souci d'avenir,
Et vivant enivré de rayons, d'harmonie.

La dernière torpeur venant vous envahir,
Le cœur, les yeux, l'esprit, venant à vous trahir,
Souriant, résigné, vous quitteriez la vie,

Mais avec un regret, comme on quitte une amie.

LASSITUDE

Je tiens à le savoir, réponds-moi, ma volage :
Oublieras-tu jamais notre sublime amour,
Quand ton âme, brisant les barreaux de sa cage,
De tout rêve ignorait le temps fatal et court?

Mais l'amour, ici-bas, est oiseau de passage!
Quand ton cœur enivré me murmurait : « Toujours! »
Le mien, plus avisé, sans en prendre avantage,
Sceptique, bas, tout bas, répondait : « Quelques jours! »

Dis, lequel de nous deux fut le meilleur augure ?
Quel fut l'événement qui causa la rupture ?
Notre rêve semblait devenir certitude,

Car, resté constant, tu ne me fus infidèle ;
Mais notre amour pourtant s'enfuit à tire-d'aile,
Lançant un dernier trait : l'amère lassitude.

ANTIQUAILLES

Aimez-vous comme moi les bibelots antiques?
   Ne connaissez-vous pas le fugitif plaisir
D'effleurer, attendri, ces vieillottes reliques
Qui savent quelquefois éveiller le désir?

Je trouve suggestif l'amusant pêle-mêle
Où dorment, vermoulus, ces curieux débris,
Régal de l'amateur, qui souvent les démêle,
Débrouillant, empressé, leur étrange fouillis.

Il n'y règne partout que désordre néfaste,
Et mille objets divers s'offrent à l'œil distrait,
Car c'est un vrai chaos, un monde de contraste,
Au bizarre assemblage et d'un certain attrait.

Une boîte en écaille à fines miniatures
Repose tout auprès d'un beau christ espagnol,
Et, couverts quelquefois de riches reliures,
Des livres tout autour débordent jusqu'au sol.

Plus loin, de quelque preux la fort pesante armure,
Tout en les chiffonnant, de sa rouille jaunit
Les superbes brocarts et la fine guipure
Que ce rude contact, inflexible, ternit.

Attirant le regard sur une tache sombre,
Vers le coin opposé du vaste magasin,
Sommeille, fort maussade et comme noyé d'ombre,
Travaillé finement, un bahut florentin.

Tandis que sur le mur une tapisserie,
Qui sans doute provient de vieux châteaux flamands,
Reproduit un tableau de leste gueuserie,
Commères en goguette aux bras de leurs galants.

Mais mon regard chercheur enfin lassé s'arrête.
Hors d'haleine, je perds la notion de temps
Et distance, marchant un peu à l'aveuglette,
A travers ces objets disparates, changeants.

Comme entraîné par eux, partant en long voyage,
J'ai parcouru l'Europe et vécu par l'esprit
En pleine Renaissance ou bien au Moyen Age,
Et tout cela d'un trait, sans le moindre répit.

Sans doute à Trianon la dame à miniature
Dont j'admirais tantôt le sourire léger
A-t-elle dénoué quelquefois sa ceinture
Et fardé son minois au charme passager ?

Puis des Flandres voici la joyeuse kermesse
Déployant le cortège aux multiples anneaux
De ses lourds paysans qui, toujours en liesse,
Chantent et font ripaille au bord des longs canaux.

Je suis allé plus loin, car j'ai vu l'Italie,
De Sienne et de Milan les gothiques clochers,
De l'Espagne le ciel et la mélancolie,
Et l'inquisition étayant ses bûchers.

Vous êtes fine, amie, et comprendrez peut-être
Pourquoi ce bric-à-brac au poussiéreux amas
Provoque cet émoi qui subtil me pénètre,
De tout ce qui me plut m'entretenant tout bas.

SIMPLE CURIOSITÉ

Tout au fond d'un sofa rembourré, luxueux,
  S'étale et se prélasse un beau coussin soyeux
Et qui conserve encore une empreinte furtive,
L'indice de repos d'une tête pensive.

Le coussin me paraît délicat, de bon goût,
Et tel, assurément, qu'on n'en voit pas partout,
Ainsi que le divan d'étoffe chatoyante,
De forme cintrée, à ligne noble, élégante.

Je veux apercevoir, ou sinon deviner,
La déesse du lieu qu'on sut si bien orner ;
Je regarde, chercheur, par la porte entr'ouverte
Et que masque à moitié une tenture verte.

C'est, je le gage, un être au goût très affiné
Qui de la couleur possède le sens inné,
Des classiques contours une notion sûre,
Et belle femme en plus dont l'art est la parure.

Est-ce un coude arrondi, soutien du front rêveur,
Qui transmit au duvet sa légère langueur?
Ou bien de quels ébats la marque provient-elle?
D'un mutin badinage ou simple bagatelle?

Mais quelque douairière aux durs assauts du temps
Révoltée, indocile, a pu, malgré les ans
Et grâce à son esprit demeuré juvénile,
Entretenir du beau le culte difficile.

Et c'est peut-être alors le maigre et sec contour
De la fâcheuse dame, hélas! sur le retour,
Qui a froissé la soie avec dépit, maussade
De ne pouvoir de l'âge éviter la bourrade!

Chut! car à mon oreille arrive un bruit léger :
Ma curiosité se pourrait alléger...
Mais ce n'est que le vent... Il referme la porte
Et toute solution à jamais emporte.

J'AI DIT A MON CŒUR

JE dis à mon cœur triste et révolté :
« Ne vois-tu pas, c'est la fin de l'été!
La bise rugit, car l'automne est proche
Et puis peut-être aussi la mort s'approche! »

Il répondit : « A la fin de l'été,
Le couchant parfois garde une clarté;
Si le matin la nature rayonne,
Le soir venu, la vie est encor bonne. »

J'ai dit à mon cœur qui se débattait :
« Tu dois aspirer au calme parfait:
N'es-tu pas lassé de tant de tourmentes?
Ne crains-tu pas les neiges inclémentes? »

Il m'a répondu : « J'aime le manteau
Moelleux de la brume au flanc du coteau
Et les cieux changeants; j'aime la ramée
Que brunit d'or la première gelée

« Et des passions le dernier appel
Avant de goûter le calme éternel. »

CHAGRIN D'AMOUR

In the night-wind, the starlight, the murmurs of even,
In the ardors of earth, and the languors of heaven
I could trace nothing more, nothing more through the spheres,
But the sound of old sobs, and the track of old tears.

OWEN MEREDITH.

QUAND tous deux, emportés par un vent de folie,
Jugions que l'existence est une volupté
Éloignant à jamais toute mélancolie,
Quand nous planions, grisés, hors la réalité :

« Je t'aime, » assurais-tu, frissonnante et ravie,
Et ton regard ardent sollicitait le mien.
« Je n'ai qu'un seul désir, un seul but dans la vie :
Pour toujours ici-bas sois mon exclusif bien. »

26

Or, la main dans la main suivant la même route,
Il m'eût été doux pour toi de tuer, mourir,
Ou de l'existence encor soutenir la joute ;
C'était là de mon cœur le plus fervent désir.

Tu m'avais bien promis — naïf, je t'avais crue ! —
D'écarter avec moi les pierres du chemin,
Et l'ombre du soir venant voiler notre vue,
Nous aurions jusqu'au bout pu bénir le destin.

Ce fut sublime et court, un délire de rêve !
Mais bientôt le bandeau glissa des yeux lassés,
Et je n'ai pu garder de ta passion brève
Que l'amer goût de fiel des pleurs que j'ai versés.

Oublierai-je jamais? Maudite la mémoire,
Trop tendre souvenir d'un radieux passé ;
Une fois dépouillé de son nimbe de gloire,
L'essor du vol divin est pour toujours brisé !

AU COIN DU FEU

QUAND aux heures du soir des si longs jours d'hiver
J'attise le foyer et que ma main distraite
Semble en faire jaillir le passé doux et cher,
Le flot des souvenirs m'envahit, m'inquiète.

Au dehors, furieux, grondent les éléments,
Tandis que ma pensée au loin s'envole, errante,
Et va sans nul souci de ces vents incléments
Remonter le courant de ma vie ondoyante.

De ce foyer ami qui fascine mes yeux
Surgissent tout d'un coup les ombres diaphanes
De ceux à qui j'ai fait mes éternels adieux,
Disparus dans un monde aux occultes arcanes,

Les songes et romans aujourd'hui délaissés,
Les amours d'une ivresse aimable et passagère,
Tous ces divins transports depuis longtemps passés,
Voilés dans le lointain de charme et de mystère,

Et puis tous ceux aussi qui ne furent jamais
Que décevants désirs, ambitions latentes,
Que la froide raison prive de leurs attraits,
Éloignant pour toujours les trompeuses attentes.

Et je subis, pensif, l'étrange obsession
De la flamme dansante aux lueurs d'incendie
Qui — mystérieux pouvoir d'évocation ! —
Reflète sous mes yeux l'histoire de ma vie.

Mais c'est tard, l'heure sonne et la lumière baisse.
Chassant avec effort ce rêve triste et vain
Qui m'enlaçait, berceur, d'une vague caresse,
Je veux, oubliant hier, penser seul à demain.

PALINODIE

Qui versera l'oubli dans mon cœur attristé?
O mon âme! qui donc te donnera des ailes
Pour fuir aux champs fleuris de pâles asphodèles
Que baignent de leur paix les ondes du Léthé?

Mais non! Je ne veux pas d'oubli, de lâcheté :
Je veux me souvenir, je veux aimer encore.
Dussé-je chaque nuit pleurer jusqu'à l'aurore,
J'épuiserai mon sort dans sa sévérité!

Pour abdiquer l'amour il faut un cœur banal,
Jouet futile en proie au souffle du caprice
Qui ne sait palpiter qu'aux étreintes du vice,
Où de l'honneur éteint disparaît le fanal.

Pour moi, quand il serait une source de pleurs,
Sans chercher le repos dans une défaillance
Je saurais bien montrer une ferme constance,
Garder mon cœur plus haut et chérir mes douleurs.

J'avais pourtant rêvé d'un très noble idéal
Qu'on ne peut trop payer d'un excès de souffrance :
Malgré ton cœur changeant et ton cruel silence,
Je veux rester fidèle à cet amour fatal.

Et quand tu sentiras, la nuit, sur ton front blanc
T'effleurer le baiser d'une lèvre inconnue,
Dis que c'est l'oublié, c'est l'âme méconnue
Que tourmente là-bas un souvenir poignant.

SUPRÊME RENCONTRE

JE vins à son chevet, car elle était mourante
  Et me tendit sa main débile et languissante,
De son œil anxieux consultant mon regard
Peut-être à mon insu trop tristement bavard.

Mais elle n'y lut pas la sentence fatale.
Je vis sur sa figure aimante et si loyale
Le repos passager d'un court apaisement
Qui l'éclaira d'amour et d'attendrissement.

Sans doute en son esprit revécut lumineuse,
L'espace d'un instant, la vision heureuse
Des beaux jours où nos cœurs, battant à l'unisson,
De rêves de bonheur faisaient ample moisson !

Mais ce ne fut, hélas ! qu'un éclat éphémère
Sur le lointain passé projetant sa lumière,
Et je vis aussitôt son visage attristé
Reprendre pour toujours son masque tourmenté.

Emportant dans mon cœur l'ineffaçable empreinte
De son dernier regard, de sa dernière étreinte,
Je repassai ce seuil, assombri, révolté,
De nos tristes amours jugeant l'inanité.

Je me dis qu'ici-bas tout passe, est périssable
Ou mystère incompris, mensonge haïssable !...
Puis, comme au son béni naguère de sa voix,
Je me sentis renaître aux espoirs d'autrefois.

Car, si nous relevons d'une plus noble essence
Dont nous subissons tous la divine puissance,
Le jour heureux viendra quand d'un dernier essor
Tous ceux que nous aimions nous rejoindrons encor.

En ce jour radieux les âmes immortelles
Errantes dans l'infini, claires étincelles,
Atomes envolés du grand foyer divin,
S'y fondront pour l'éternité, ce jour sans fin.

LES CLOCHES

QUAND j'étais tout enfant j'habitais un château
      Dominant une belle et fertile vallée.
Du rustique castel sur le flanc du coteau
Serpentait jusqu'au fleuve une ondoyante allée.

Au milieu du feuillage et tout au bord de l'eau,
Tranquille apparaissait la minuscule église,
A la claire façade, à la voûte en berceau,
Dont le clocher branlant bravait encor la bise.

D'un pied leste et léger j'allais chaque matin,
De l'école gaîment tout en prenant la route
Embaumée au printemps d'aubépine et de thym,
M'agenouiller d'abord sous la caduque voûte.

La porte était ouverte, et le bon sacristain,
Du raide et haut beffroi escaladant l'échelle,
Convoquait les passants au service divin
Célébré simplement dans la blanche chapelle.

La cloche répandait un son pur, argentin,
En harmonie parfaite avec le paysage,
Et dont l'écho vibrant dans mon cœur enfantin
Me laissait tout le jour apaisé, calme et sage.

Quand je devins, plus tard, de la ville habitant
(D'une vieille cité que l'âge poétise),
Mon labeur terminé, si j'en avais le temps,
Je pénétrais parfois dans quelque sombre église.

C'était tard, sur le soir, et toujours au moment
Où le doux Angélus de son appel rythmique
Demande à tout fidèle un bref recueillement
Dans un acte de foi consolant et mystique.

Les notes s'égrenant dans le calme du soir,
Lentes, faisaient rêver, un peu mélancoliques,
Dans cet air imprégné de parfums d'encensoir,
D'instruments ignorés aux étranges musiques.

Je repassais le seuil, doucement attristé,
Tristesse passagère au délicieux charme,
Songeant au paradis, à la divinité,
Une courte oraison dissipant mon alarme.

Quelque temps s'écoula, puis je vins à Paris ;
Du fol courant mondain subissant l'engrenage,
Ma vie en fut changée et je me trouvais pris
Au toujours monotone et décevant mirage.

Dans les temples choisis j'assistais fort souvent
Aux actes fastueux du culte grandiose
Qui prête, solennel, à tout événement
Un aspect imposant de belle apothéose.

La cloche alors jouait de bruyants carillons,
Ou, semant dans les airs quelque fanfare ailée,
Éparpillait au loin le clair concert des sons,
Rebondissante et sonnant à toute volée,

Pour célébrer ainsi les baptêmes joyeux,
Plus grave dans ses tons aux fréquents mariages,
Ou bien tintant les glas tristes et douloureux,
Car elle nous escorte à travers tous les âges.

Des cloches le langage est toujours éloquent.
Il sait rendre, exprimer, tout ce qui fait la vie.
Il me berça jadis quand j'étais tout enfant
Et doit tinter un jour à mon lit d'agonie.

Table

TABLE

Achevé d'imprimer

le premier août mil neuf cent onze

PAR

ALPHONSE LEMERRE

6, RUE DES BERGERS, 6

A PARIS

5249.

www.ingramcontent.com/pod-product-compliance
Lightning Source LLC
Chambersburg PA
CBHW061505030726
47503CB00005B/1815